北京师范大学文学院史系列丛书

北京师范大学国文系图史

（1902-1949）

窦可阳◎主编

北京师范大学出版集团
BEIJING NORMAL UNIVERSITY PUBLISHING GROUP
北京师范大学出版社

本书作者简介

窦可阳，男，1976年3月9日出生，江苏江都人，文学博士，吉林大学文学院副教授，北京师范大学文艺学研究中心博士后，加拿大阿尔伯塔大学比较研究中心、德国埃尔朗根–纽伦堡大学命理研究所访问学者，主要研究方向为中西比较文论及中国古典美学。出版专著《接受美学与象思维》《周易经传美学通论》等5部，发表学术论文30余篇，先后获得吉林省优秀博士学位论文（2011）、吉林省专著类优秀成果一等奖、教育部高校优秀成果三等奖、吉林省第一届说课大赛一等奖等，主持多个国家级、省部级科研课题。

"早期北师大中文学科史"丛书总序

北师大中文学科有着悠久的历史。自1902年师范馆开设之时起，即设有经学、习字、作文等科目。1913年，北京高等师范学院遵照北洋政府教育部《高等师范学校规程》，正式开设国文专业。自此，中文学科在北师大一直占据着重要的地位，引领着全国中文学科的发展。

北师大中文学科成立以来，秉着开放的思想，在师生的共同努力下，开设出很多新学科，摸索发展出较为完整的学科体系，为中文学科的现代化做出了巨大贡献。例如，1933年师大国文系各年级的必修课有：中国文字概论、国语发音概略、古今文法比较、中国文学史大纲、周至唐思想概要、书目举要、古今音韵改革、宋元明思想概要、经学史略、文字形义沿革、清代思想概要、诸子概论等；选修课有甲骨彝器文字研究、周秦古音研究、近代语研究、中国修辞学、文学概论、文章源流、诗歌史、三百篇选、辞赋选、汉魏六朝诗选、唐宋诗选、词史、词选、曲史、小说史、散文选、史记选、白话文学选、新文学概论、古书校读法、先秦古书真伪略说、三礼名物研究、国文教材研究、简体字练习等。这个课程目录虽然偏于传统学问，但也以巨大的勇气，开设出在当时被视为浅俗的现代文学和语言课程。课程纲目清晰，布局合理，在今天看来也是相当充实和系统的。此外，师大国文系还相当重视教师的职业训练，在这个课表中，为三年级学生开设了"国文教材研究""简体字练习"，四年级开设的是教育、心理类课程，以及国文教学法。这个课程体系一直延续到今天。

北师大中文学科人才荟萃，是当时文化和教育的一时之选：吴汝纶、钱玄同、马裕藻、高步瀛、黄节、朱希祖、马叙伦、刘文典、范文澜、吴梅、沈尹默、刘半农、吴承仕、杨树达、骆鸿凯、黎锦熙、梁启超、鲁迅、马衡、刘师培、周作人、黄侃、陈中凡、梁漱溟、袁同礼、杨晦、俞平伯、商承祚、余嘉锡、郑振铎、郭绍虞、王汝弼、李嘉言、李长之、陆宗达、刘盼遂等。这一长串名单，是一道文化的长城，显示了师大中文学术之雄厚，教泽之绵长。他们在极为艰难的草创时期，在军阀统治和抗日战争的困苦岁月里，坚持为国育才，为民族文化续命，并为此贡献出自己的才华，甚至贡献出自己的生命。

北师大中文学科是中国现代学术和文化发展的重要推手。如钱玄同所提倡的"简化字运动"和"国语罗马字"，在黎锦熙、胡适、杨树达、刘半农、沈兼士、周作人等人的支持下，掀起了语言文字改革的大潮。1928年，国民政府公布《国语罗马字拼音法式》，给汉字注音并有统一国语之用。1935年由钱玄同主持编写的《简体字谱》正式颁行，这是中国国文教育史上第一个正式公布的简体字表。黎锦熙、钱玄同、汪怡、杨树达、刘半农等怀着强烈的科学精神和高昂的文化热情，著有多种著作、课本、字典等，推动了语言革新成果的普及。可以说，当代中国语言文字的发展，在很大程度上得益于北师大教师的学术贡献。

北师大中文学科还是文学创作的沃土，结出丰硕的文学果实。除了鲁迅外，诗人沈尹默、刘半农、孙席珍、王学奇，散文家陈西滢、周作人、朱自清等，都在师大讲堂上执掌教鞭。受教师影响，学生的文学创作积极性也非常高，诞生了不少的作家，如小说家、散文家叶丁易、人民解放军军歌的作者公木、诗人吴奔星、彭慧等。此外，由程俊英、苏雪林、王世瑛、冯沅君、庐隐、许广平、陆晶清等组成的"女高师文学群体"，更是名震一时，创办有《北京女子高等师范文艺会刊》，这是中国现代文学史上少有的女性文艺社团。可以说，师大中文学科是中国现代文学的重要发祥地之一。文学创作也成为北师大中文学科的传统和特点之一。

北师大中文学科有着强烈的革新社会、推动历史进步的使命感。1903年日俄战争前夕，针对丧权辱国的"中俄密约"，师范学堂学生就曾"鸣钟上堂"。1919年爆发的"五四运动"中，国文系学生周予同是"火烧赵家楼"的主力之一。在1925年"女师大风潮"和1926年"三一八惨案"中，女师大学生为了自由和反对迫害而进行了坚决的流血斗争，得到了鲁迅等一大批进步教师的有力支持，并留下了《记念刘和珍君》这样的不朽名篇。此外，1935年"一二·九运动"、1947年"反内战、反饥饿、反暴行"等学生运动，师大国文学生都冲在最前列，给历史投下了不屈的身影。北师大中文师生为民族大义而英勇斗争的精神，彰显了师大中文学科的血性和尊严。

在过去的一个多世纪里，北师大中文学科历经磨难，倔强发展，成为中国现代高等教育、学术文化，甚至青年革命的一个缩影，是一个非常值得研究的活的"文本"。师大国文学科史料储备相对丰富、完备，但缺少整理和研究，令人遗憾。整理师大中文的历史，发扬师大中文的精神，是我们师大后辈义不容辞的责任。2013年，窦可阳来我院做博士后工作，在征求其合作导师李青春教授的意见后，我与可阳商议能否以师大中文早期历史为题开展博士后工作。可阳很敏锐地把握到了这个题目的学术史、文化史和教育史的价值，非常痛快而诚恳地接受了这项任务。可阳为人朴实而有激情，早年毕业于北师大文学院，后在吉林大学获得古代文学硕士和文艺学博士学位，无论从其学习经历，还是从其知识结构来看，都非常合适做这个题目。在此后的数年里，可阳差不多翻遍了师大档案馆中与系史有关的每一个资料袋，搜集整理了百万字的文献资料，开展了大量的访谈和调查工作，在此基础上，完成了《北京师范大学国文系图史（1902—1949）》《北京师范大学国文系史（1902—1949）》《北京师范大学国文系史资料汇编》（三卷本）等著作的编写，发表了多篇学术论文，形成了系列学术成果，史料翔实，史实清晰，学术价值很高。

可阳出色的研究工作，可以告慰先贤，亦将激励后续的系史编写，我对此充满敬佩和感激！

过常宝

于2019年4月

目 录

1a

1924

栈

徽

见证

1902

—

1949

北京师范大学国文系图史

PEKING NATIONAL NORMAL UNIVERSITY.

PEKING, CHINA.

这是民国时期的北京师范大学（后与北平师范大学统简称北师大）沿用最久的一首校歌，作词者为时任北师大校长的范源廉先生。

1924年北师大校徽

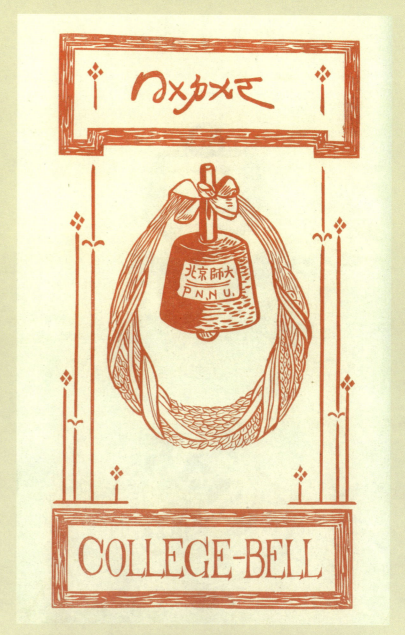

20世纪20年代校徽　两校徽上均可见黎先生等北师大教授力主推行的"注音字母"。

1935年北师大毕业纪念章

"有教无类"。这是黎锦熙先生为北师大题的词。题词中每一个汉字，都配有黎锦熙等先师们推行多年的早期的"注音字母"。

1931年钱玄同先生为北平女子师范大学（后简称女师大）最后一期毕业同学录作的题词。此后，女师大与北师大合并。

—— 女 师 大 畢 業 同 學 錄 ——

女師之教肇為庠囂妙妙中國亦國之楨六年之期遷變迭經
堅定厥志洒底於成或詳國故娛意斯文或習革昌譯寄能言
或綜史籍彙肇紘瀛或究物理研幾極精或嫻樂育振聲啟盲
亦模亦範流略成則蚩英騰茂敬業樂羣名籍圖法樹之風聲
騎與高秀實為殿軍
中華民國二十年七月下旬江夏傅嶽棻題

傅岳棻先生为女师大毕业同学录作的题词

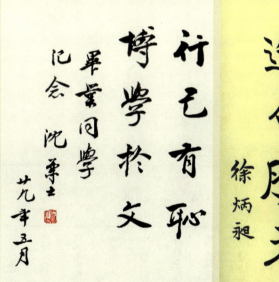

左图为沈兼士先生在1940年为辅仁大学毕业纪念册作的题词；右图为徐炳昶先生在1931年任北师大校长时作的题词。

同言社集會一覽表

年別	民國七年（四月二十五日至十二月二日）	民國八年（一月一日至三月三十一日）
開會次數	十五	十
會員人數	十七	二十一
正副會長姓名		
所出講演稿數目	二十五篇	十九篇
講演題目拔萃	人生眞諦 中國美術史概略 教育家之價值及快樂 中國教育無實效之原因及改良之方法 言語技能之修養 言論自由 幾何學之基本概念 我之概念 社會教育在中國今日之重要 民國七年暑假旅行江浙報告 中學文實分科之研究 意志不自由說 「意志不自由說」質疑 現今社會不良之原因	中國國民性之研究 答「意志不自由說質疑」 感情之朦胧眞理 自覺與覺人 永久和平之研究 中國之前途希望 互助主義與競爭主義 歐戰對於今後教育之影響 游嬉代數 余之理想世界

附記本社經過之情形　本社由今數理部三年級學生劉家鎬匡日休左禮振楊芚駿等發起於七年四月二十五日成立初有會員一組共十二人後經同學漸次加入現除已出社會員不計外已有會員二十二人分為二組本會純由學生自動並無管教員監督指導每次開會會員一致出席非有要務未嘗請假本社常會照章分為兩種一講演會一辨論會惟歷次所開省係講演會辨論會並未舉行此後擬繼續求發展云

北京高等师范学校（后简称北高师）同言社集会一览表。同言社的始创者包括周予同、匡互生、刘薰宇、周为群等师大学生，其中周予同为北高师国文部学生，1920年毕业。

1936年北师大《校务汇报》

1931年北师大各班学生一览表封面。这部系史，大部分取材于这些已经泛黄的老档案。

五四运动中北师大被捕的8名学生（被举起者）与迎其出狱的校友合影。在五四运动中，北高师学生起到巨大的引领作用。

校园

1902
—
1949

北京师范大学国文系图史

图为京师大学堂旧址，拍摄时已归属于当时的北京大学。在图片远端，景山依稀可见。1902年京师大学堂开学时，师范馆是大学堂唯一在招生和教学的机构，而且始终是京师大学堂的主体，直到1908年，师范馆独立为京师优级师范学堂。图中这一大楼实际上始建于1916年，1918年落成。它就是今天为人们所熟知的"北大红楼"，曾为国家文物局办公楼，现为北京新文化运动纪念馆。

1898年，京师大学堂成立，选址在景山东马神庙和嘉公主旧府第，俗称"四公主府"。经过一段时间动荡的局势之后，1902年12月17日，京师大学堂师范馆开学，北京师范大学的校史也由此肇端，并长期以这一天为校庆日。值得一提的是，后来的北京大学也长时间以此日期为校庆纪念日，直到1950年才改为5月4日。图即20世纪初的京师大学堂正门。

北高师、北师大的校门　1908年，京师优级师范学堂在新址开学，此校址位于和平门外琉璃厂厂甸，约为今日之杏坛美术馆、北师大附中西校区、北京第一实验小学新校区一带。这一校址一直沿用到了1952年，而在20世纪30年代北师大与女师大合并之前，师大文学院也长期设于此校园中。合校后，此校园成为北师大第一院，主要容纳了师大教理学院。下面这组图片即摄于20世纪20年代。

校园

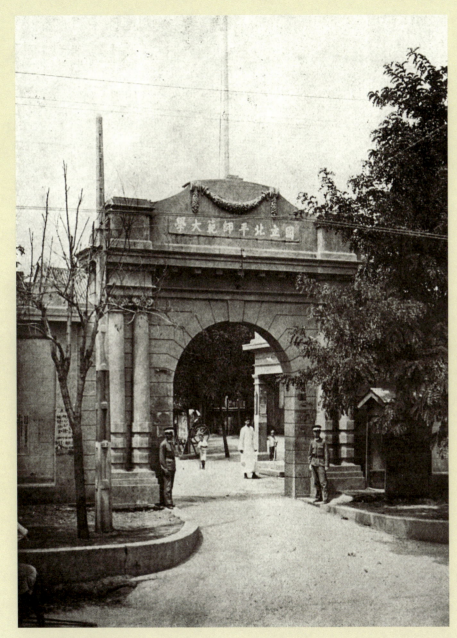

国立北平师范大学第一院大门

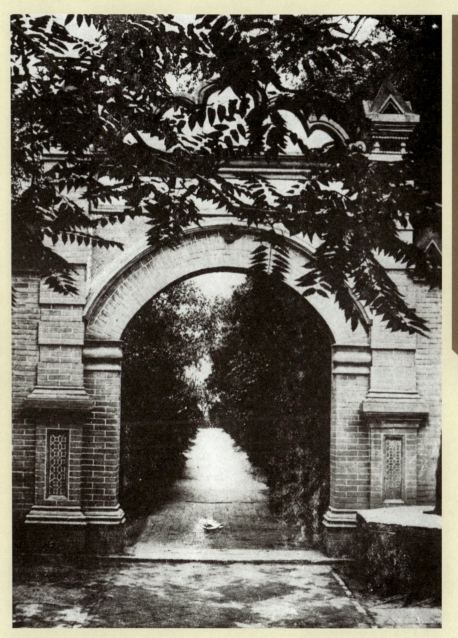

国立北平师范大学门二

北师大1931届毕业生留校纪念品

研究生院花园

运动场　北师大运动员多次参加国内、国际比赛，包括篮球队在内，多位运动员都曾斩获佳绩。

师大花园

校钟

校园

第二院全景　第二院在广安门内，后成为师大研究所。

位于琉璃厂的北师大数理学院大门

图书馆　图中这栋图书馆楼建成于1922年10月，其前身为清末优级师范学堂的图书室。两师大合并后，文学院设立了图书馆分馆。1933年，图书馆楼重加修葺，大加扩充。本馆占地5400平方米，共分两层，外加地下室三间，上下楼层各有一阅览室，并有东西两书库，藏书最多时有10余万册。

本校图书馆阅览室一隅

图书馆内部

北师大文学院大门　1932年，北师大与女师大合并，原女师大校址成为新的师大文学院院址，即宣武门内石驸马大街校园。两校合并前，女师大国文系培养了一大批进步女青年，形成了广为人知的"北师大女作家群"，包括程俊英、庐隐、苏雪林、冯沅君等人，都在中国现当代文学史中占有一定地位。今天，它成为坐落于西城区新文化街的北京市鲁迅中学校园。

文学院办公处一角

文学院女生宿舍

文学院图书馆书库之一部　此处的"文学院"便是师大石驸马大街校园，即合校前的女师大校园。

女师大时期的自修室

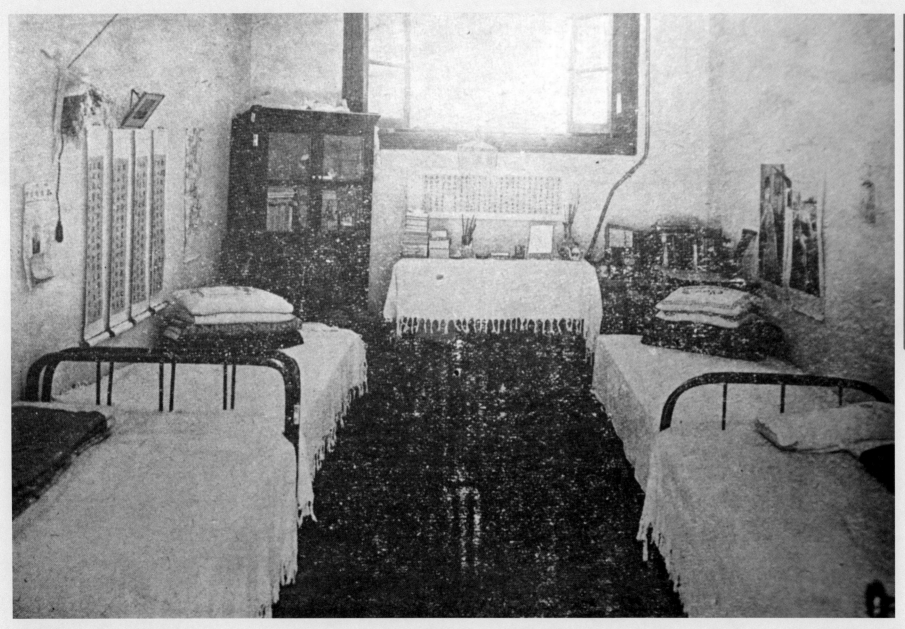

北师大寝室

北师大栉沐室

本校（皆指北师大本部）第二寄宿舍

本校学生军检阅状况

本校网球场

本校学生军野外操练之情形　其时很多在平的知名军事家担任了师大的军事教官，包括蒋百里、俞飞鹏等。

本校附属中学校（女师大附中） 后来的北师大附属实验中学的前身。

北京师范大学国文系图史

本校附属小学校（女师大附小）

师大附中、附小、附属幼稚园，都是师大师生推展教育实验、教学实习的重要阵地。那时的师大学生也有很多来到师大各附校工作，一直到毕业。更为难得的是，很多师大教授也常在附中、附小兼课。

校楼前观　此图片摄于20世纪30年代，当时此地属辅仁大学。1925年，辅仁大学以16万美元永久租下涛贝勒府，后来不断扩建，形成今日定阜大街校园之规模。1952年，辅仁大学与北京师范大学合并，此校园相对于和平门北师大老校园，位置偏北，所以被称作"北师大北校"。1925年，辅仁大学开设国文专修科，即辅仁国文系之前身。1952年"院系调整"之后，辅仁国文系的众多教师来到北师大中文系，成为今日北师大中文系学脉的另一渊源。此校园今天仍是北师大重要的组成部分，"京师科技学院"即于此办公。

辅仁校园远景　北京辅仁大学主楼是陈垣校长高薪聘请的美国建筑师亨利·墨菲的作品，之后被誉为北京三大中西合璧建筑之一。这座两层楼围合而成的封闭院落在东南西北四角各矗起一座三层角楼，整座建筑中轴线明确，完全对称。在主楼正立面上，还使用了许多中国古典建筑的细部做法，如汉白玉雕制的须弥座、红色雕花的木制窗框，以及大门墩柱上"蹲伏"的石狮等。

辅仁校园后花园

辅仁女部图书馆

瞻霁楼　辅仁大学女生宿舍。

穆尔菲楼　辅仁大学男生宿舍。

今天的北师大北校区校园

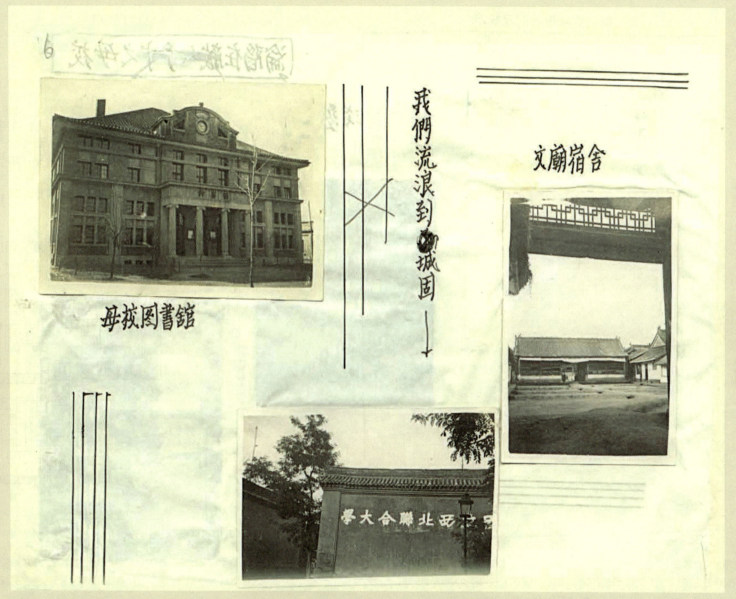

母拔圖書館

我們流浪到城固→

文廟宿舍

校友录（1939）中的西北师范学院（后简称西北师院）校园　1937年，师大师生离开兵燹之下的北平，辗转来到汉中安家。最左侧插图是位于北平厂甸的北师大图书馆，下方和右侧插图便是汉中城固的"国立西北联合大学"校园照片。我们保持了校友录的原貌，几张并不清晰的照片简单粘贴在白纸上，可见当年条件之艰苦。

北京师范大学国文系图史

圖置位關樔屬附及校本

民國二十三年一月 附註：本校附設之鄉村教育實驗區在平郊西山溫泉平郊

本校地理系製

1:15 000

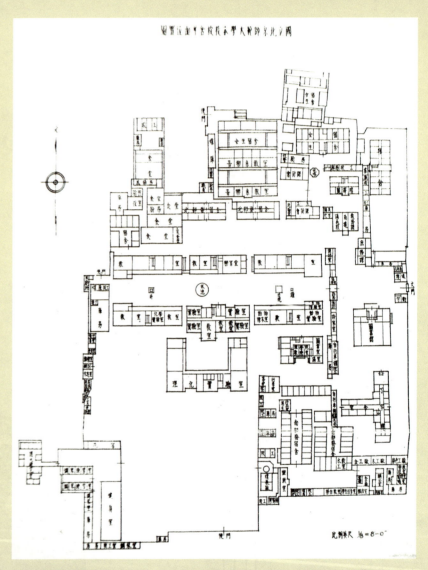

北師大各校区在北京四九城区之位置　从图中可见，师大校区主要有三处。右侧和平门外的校园便是主校区，合校之后教理学院就在这里；西南方广安门外校园原是第二院，合校后为研究院所在；中间偏上西单附近校园则为前女师大校园，合校后成为文学院校园。在三处校园附近，分布着北师大和前女师大的各附中、附小和幼稚园。合校后，前女师大附中成为师大附中北校区，琉璃厂附近的前五城学堂附中成为师大附中南校。

南新华街北师大教理学院平面图　各建筑中最有代表性的，莫过于校园东侧大门附近的图书馆和"丁字楼"。进入正门，一直向西，穿过接待室，则可以看到校钟和花园。

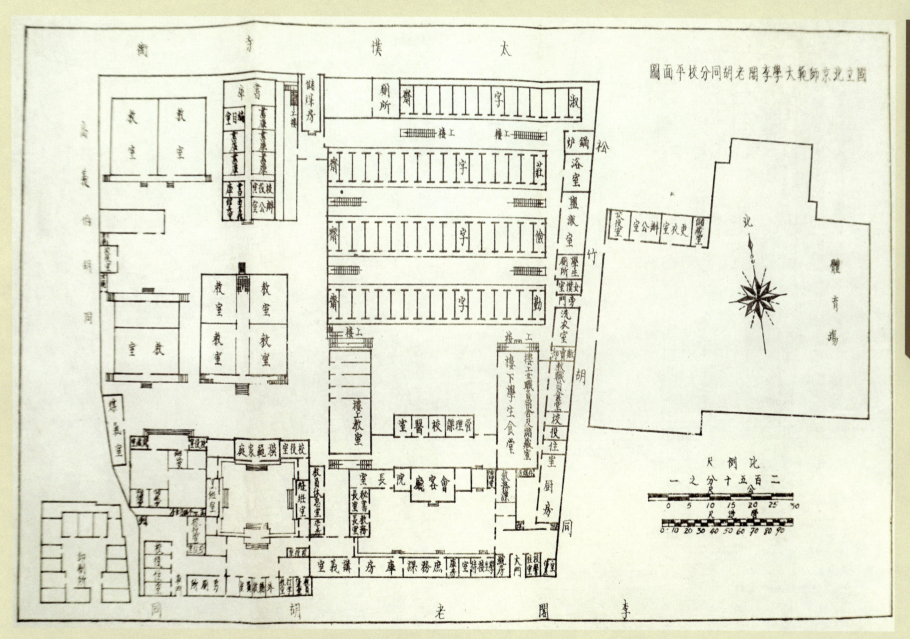

1939年日伪时期北京女师大校园平面图 此校园本属于北师大文学院，抗战胜利后，此校园复归北平师范学院。

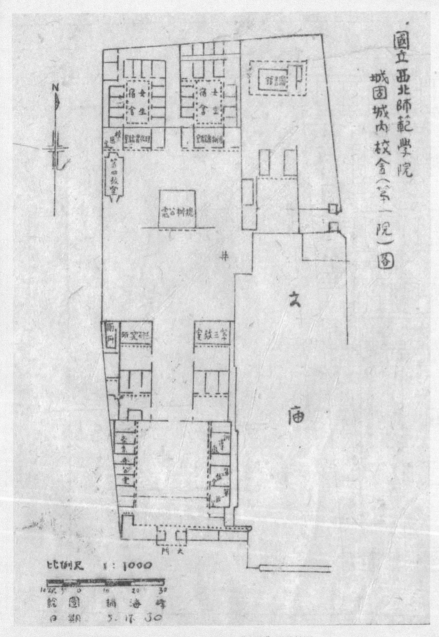

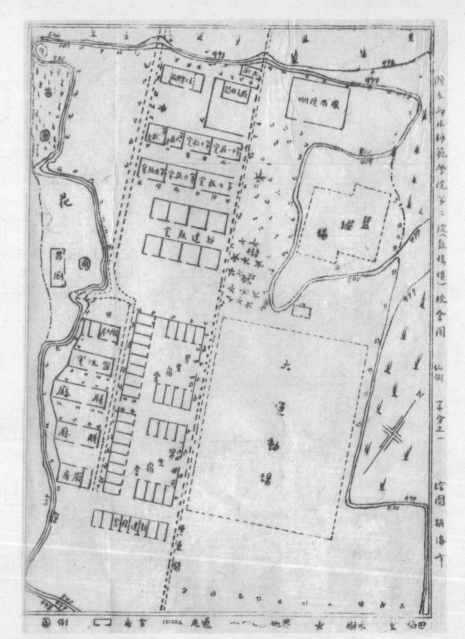

北京师范大学国文系图史

西北师院平面图　此即北师大师生离开西安，在汉中"安家"后的校园。

汉中城固，西北师院校园。

先师

1902

—

1949

北京师范大学国文系图史

北京师范大学国文系图史

前任校長

九三

通訊處　宣外香爐營頭條路北電話南局二二五
履歷　前教育部參事
籍貫　河北天津
別號　筱莊
姓名　陳寶泉

前任校長

通訊處　西單牌樓堂子胡同西電話西局一六〇〇
履歷　前河南教育廳長兼中山大學校長
籍貫　福建閩侯
別號　芝園
姓名　郭翠英

前任校長

四九五二

通訊處　宣外校場小六條二十九號電話南局
履歷　美國哥倫比亞大學哲學博士
籍貫　河北清豐
別號　湘宸
姓名　李建勛

前任校長

通訊處
履歷　前教育總長
籍貫　湖南
別號　靜生
姓名　范源廉

前任校長

通訊處　西城西太平街電話西局三二四四
履歷　本校教授
籍貫　安徽全椒
別號　少涵
姓名　張貽惠

前任校長

通訊處　東城乾麵胡同電話東局二二四二
履歷　國立北平研究院院長
籍貫　河北高陽
別號　石曾
姓名　李煜瀛

現任校長

第十二圖

通訊處　低門外西皇城
履歷　任西京大學院
師範　前北平大學女子師範學院
別號　旭生
姓名　徐炳昶

前代理校長

三

通訊處　北平東石槽二十一號電話東局三八六
履歷　教育部司長
籍貫　河北樂亭
別號　雲亭
姓名　李蒸

文學院院長
兼國文系教授
黎錦熙先生

院長
袁敦禮

陳垣

（按：圖中文字為原圖所附，後同）

北京女师大历任校长

姚华

许寿裳

前任校长

毛邦伟先生之遗像

先生字子龙，贵州人，曾毕业於日本東京高等師範學校。於民八，民十，民十六三任本校校長，均值政局紊亂，校務浮頓，而先生肯毅然負此重任，使飽罹困頓之學校，得有今日皆先生之功也！惟先生已於民國十七年因勞逝世，未能常庇斯校；茲者拜展遺容，不盡愴然！

易培基

先生字寅郙，湖南長沙人。民國十四年楊蔭榆慝逐章士釗，摧殘敎育，武力解散女師大，時本校同學，誓死護校，而先生黽盡其力，領導作復校之工作。卒能一髮倒懸之勢，再奠斯校之基；女師大所以能延此六年之生命者，皆先生之力也！

北师大历任校长
（1912—1952）

- 陈宝泉，1912—1920年任校长；
- 邓萃英，1920—1921年任校长；
- 李建勋，1921—1922年任校长；
- 范源廉，1923—1924年任校长；
- 张贻惠，1925—1929年任校长；
- 李煜瀛、易培基，1930年先后被任命为师大校长，但未到任；
- 徐炳昶，1931年任校长；
- 李蒸，1930—1931年代理校长，1932—1939年任校长，1939—1945年任西迁的西北师院校长；
- 黎锦熙，1945—1946年代理校长，1949年主持校务；
- 袁敦礼，1946—1949年任校长；
- 林砺儒，1950—1952年任校长；
- 陈垣，1952年起任校长。

女师大历任校长
（1912—1931）

- 吴鼎昌，1912—1913年任校长；
- 胡雨人，1913—1914年任校长；
- 姚华，1914—1916年任校长；
- 方还，1916—1919年任校长；
- 毛邦伟，1919—1920年任校长，1921—1922年、1927—1928年代掌校务；
- 熊煦，1920—1921年任校长；
- 许寿裳，1922—1924年任校长；
- 杨荫榆，1924—1925年任校长；
- 易培基，1926年任校长，旋因北京高校并校而去职；
- 徐炳昶，1929—1931年任校长。

無負今日

梁啓超贈言

姓	名	梁啓超
別	號	任公
籍	貫	廣東新會
履	歷	本校董事兼國文系教授
職	務	史地系中國文化史教授

國立北京師範大學

民國十五年畢業同學錄

新會梁啓超題

从1924年起，梁启超先生长期担任北师大董事长，直到1929年去世。梁启超与北师大的渊源十分久远，早在筹办"京师大学堂"时期，最早的"大学堂章程"就是由梁启超先生拟定的。

北师大历史上第一次董事会合影　从左到右依次为陈裕光（师大总务长）、邓萃英（前校长，时任教育部参事）、王祖训（前英语部主任）、范源廉（时任校长）、梁启超（董事长）、熊希龄（知名教育家，民国第一任民选总理）、张伯苓（知名教育家，南开大学的创建者）、陈宝泉（前校长，时任教育部普通司司长）、查良钊（教务长）。

北京师范大学国文系图史

北高师·北师大国文系历任系主任

女高师·女师大·日伪时期北师大国文系历届主任

通訊處　浙江杭州錢塘路井字樓九號
職務　國文系主任
履歷　浙江高等師範教員五年留學日本大學三年
籍貫　浙江杭縣
姓名　章嶸字厭生

通訊處　機織衛西口外煙筒胡同四號
職務　國語教授
履歷　湖南高等師範史地部畢業
籍貫　湖南湘潭
姓名　黎錦熙字劭西

通訊處　西北園師大教員寄宿舍
職務　文字學教授
履歷　日本早稻田大學留學
籍貫　浙江吳興
姓名　錢玄同

陈锺凡

院　長
黎錦熙先生
別　號　劭西
履　歷　前女師大國文系主任教授
住　址　機織衛後通胡同四號

梁啟雄先生
國文學系主任

章嶔先生1915年来师大任教，是北高师国文部时期第一位系主任；钱玄同先生1913年便来到北高师国文部，1927年起任系主任，直至1937年北平沦陷；陈锺凡先生1919年来到北平女子高等师范学校（后简称女高师）国文系，任级部主任；黎锦熙先生1924年任女师大国文系主任，1928年任北平大学第一师范学院（北师大之前身）院长；1931年任新成立的北师大文学院院长。梁启雄先生在北平沦陷后任日伪北师大国文系主任。

京师优级师范学堂前合影，摄于1908年。前排居中者为张之洞。

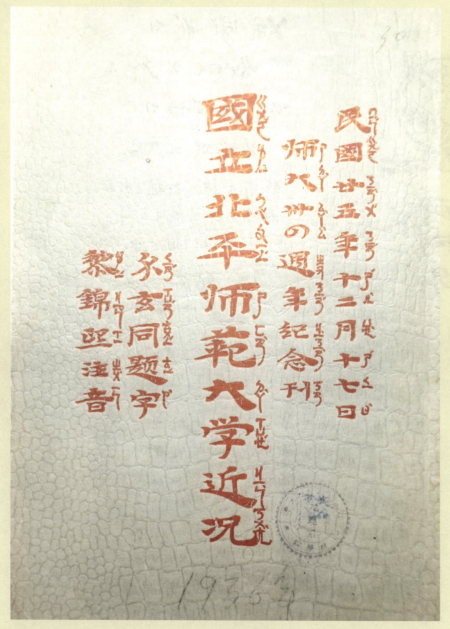

1936年北师大三十周年纪念刊·国立北平师范大学近况。

師大一九三一畢業同學錄序

國立北平師範大學同學錄

惟天覆人地載人物給人然天地與物亦
惟人始能成而其所以能成之者又惟其識
也者稟乎天而存乎我者也稟而不能自存於
是師道當焉師道既立乃受而不虧因而不敝
推而不匱完而不散故識之用宏而師之道大
即天即地即物即我時益而日增鉅參蒼黃纖
入野馬高窮止象卑著有形盛之輔當代之業
微之創技藝之末知閎不究行靡不達役使庶
品陶鑄萬有諸君所得于師以成其識者得以
還諸天地與物欽念哉毋孤其稟毋昧其識毋
荒其業行見人無不學學無不成學成無不利
于國也　　二十年八月番禺商承祚

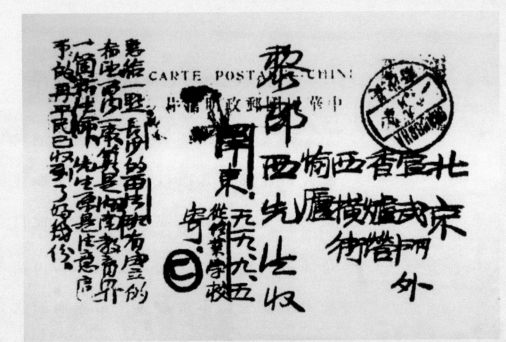

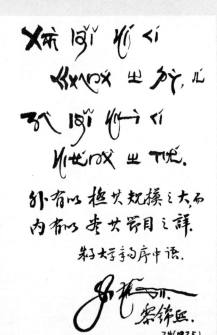

毛泽东寄给黎锦熙的信。寄信日期是1919年9月5日。

黎锦熙为1935年师大毕业同学录题词。

吴汝纶

陈黻宸

屠寄

甘鹏云

吴汝纶、陈黻宸、屠寄、甘鹏云四位先生作为清末宿儒，早在京师大学堂时期便任教于师范馆，成为师范馆最早传授国学课程的先生。

姓名　章嵘字厥生
籍貫　浙江杭縣
履歷　浙江高等師範教員五年留學日本大學三年
職務　國文系主任
通訊處　浙江杭州錢塘路井字樓九號

姓名　錢玄同
職務　文字學教授
通訊處　西北園御大教員寄宿舍

姓名　馬裕藻字幼漁
籍貫　浙江吳興
履歷　日本早稻田大學留學
職務　國文教授
通訊處　後門東板橋大街北路東

姓名　王襈字蘊山
籍貫　京兆宛平
履歷　注音字母傳習所所長
職務　國語教授
通訊處　前內草帽胡同北口燈章店二號

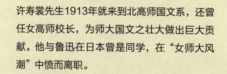

许寿裳先生1913年就来到北高师国文系，还曾任女高师校长，为师大国文之壮大做出巨大贡献。他与鲁迅在日本曾是同学，在"女师大风潮"中愤而离职。

许寿裳与鲁迅等同窗在日本。

以上四位先生，以及许寿裳、朱希祖等先生，皆在建系之初、国文系尚未招生时（1913—1916）就来到北高师国文系，成为日后师大中文之肇基者。

馬廉　隅卿
籍貫　浙江鄞縣
職務　國文系講師
通訊處　東華門孔德學校

馬裕藻　幼漁
籍貫　浙江鄞縣
履歷　北京大學教授
職務　國文系講師

馬鑑　季明
籍貫　浙江鄞縣
履歷　燕京大學教授
職務　國文學系講師
通訊處　燕京大學

姓名　馬衡
別號　叔平
籍貫　浙江鄞縣
履歷　北京大學教授
職務　國文系講師
通訊處　外交部街四十一號

姓名　朱希祖字逷先
籍貫　浙江海鹽
履歷　日本早稻田大學地科畢業
職務　文學史教授
通訊處　西北難兒胡同草廠大坑二十一號

國文系馬夷初先生

青年時期的劉文典（1927年攝于安慶）

姓名　高步瀛
別號　閬仙
籍貫　京兆霸縣
履歷　教育部社會教育司司長
職務　國文教授
通信處　西四南大口袋胡同

民国时闻名京师的"北大五马"中有四位都曾在北高师、女高师和北师大国文系任教，分别为二哥马裕藻、四哥马衡、五哥马鉴和九先生马廉，在师大国文系的历史上留下一段佳话。

朱希祖、马叙伦、刘文典、高步瀛四位先生早年都曾留学日本，都工于经史，并皆在北高师国文系建系之初来校任教。值得一提的是，高步瀛和朱希祖两位先生此后长期受聘于北高师、北师大国文系，成为师大国文教学史上的"耆老"。

刘三　　　　　姚华　　　　　尚希宾　　　　梅贻瑞

以上四位先生，都曾在20世纪10年代后期短暂任教于北高师国文系。其中，尚希宾和姚华两位先生1917年来到北高师，后者还曾任女高师校长；刘三先生名钟字季平，1918年任教于北高师国文系；梅贻瑞先生是梅贻琦先生的二弟，于1919年从国文部毕业后，来北高师国文系任教。此时期在师大国文任教过的先生还有陈泽、汪鸾翔、吴心谷等。

超啟梁長事董　　国文系兼任教校　梁啓雄

进入20世纪20年代，黎锦熙、吴承仕等先生先后来到北高师和女高师国文系，黎先生长期任系主任、院长之职，吴先生也曾任主持系务。在"合校"之后，两位先生继续为北师大国文系鞠躬尽瘁。梁启超先生于1924年担任北师大董事长，直至1929年去世。三位先生都长期在国文系兼课，对近代中国国文教育做出巨大贡献。梁启超的胞弟梁启雄后来也来到师大任教，前已提及。

以上三位是与马氏兄弟和周氏兄弟齐名的"沈氏三兄弟"，三人长期任教于北高师、北师大国文系。沈兼士先生还曾任女高师和辅仁国文系主任；作为文学史家，沈尹默先生诗名、书名更著；沈士远先生则特专于庄学。

沈士远（1881—1955）　　沈尹默（1883—1971）　　沈兼士（1887—1947）
沈氏三兄弟的另一组图片。

鲁迅在北平女师大演讲

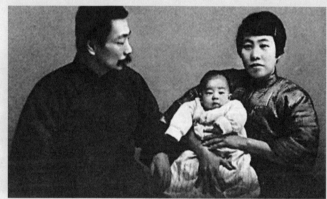

鲁迅与许广平

鲁迅在北师大风雨操场演讲

20世纪20年代北高师、女高师国文系一大盛事，便是鲁迅先生的加盟。1921年1月，鲁迅先生应聘于北高师，讲授"中国小说史"。1923年10月，鲁迅先生兼任女高师教授，在两校国文系任教多年，直到他于1926年10月离开北京。在"女师大风潮"中，鲁迅先生与进步师生共进退，以其巨大的影响力和积极的行动，引导、组织师生进行抗争，直到最终胜利。此后，鲁迅还多次返回师大举行演讲，场场爆满。

北京师范大学国文系图史

陈锺凡

刘师培

黄侃

胡适

梁漱溟

李大钊

女高师国文系建系略晚于北高师国文系。但女高师国文系的"大师"阵容并不弱于北高师。1919年，女高师国文专修科学生发起学生运动、驱除迂腐僵化的老派教师之后，请来陈锺凡先生做国文专科级部主任，还聘来刘师培、黄侃等新派学者，长期在北高师国文任教的高步瀛、沈兼士、马裕藻等诸位先生也多在女高师国文系兼课，女高师学风为之一新。

1920年前后，胡适、梁漱溟、李大钊等先生也先后来到女高师，三位先生都是哲学教师，他们开设的"中国哲学史""社会学""伦理学""女权运动史"等课程，对女高师国文专业学生影响巨大，也为日后女高师的学生运动打下了良好的思想基础。

陈衡哲

谢冰莹

程俊英

从军时的谢冰莹　　　程俊英（左一）与黄淑仪、罗静轩在1929年

作为中国最早的女子高等教育学府，女高师为近代中国培养了最早的一批女性作家团体，其中特出者包括程俊英、苏雪林、庐隐、谢冰莹、王世瑛、许广平等人，她们以其才华横溢的文学创作为世人所知，谢冰莹和程俊英等先生留校任教，教书育人。陈衡哲先生也在女高师时期来到国文系，成为女高师史上一位影响深远的女教师。她们在中国高等教育史和师范教育史上都留下了浓墨重彩的一笔。

（左起）陈定秀、程俊英、王世瑛、庐隐，时称　　谢冰莹（左）与苏雪林
女高师"四公子"

國文系講師
汪怡先生

姓　名　楊樹達
別　號　遇夫
籍　貫　北平
履　歷　前國文系主任清華大學教授
職　務　國文系講師
通訊處　舊刑部街廿一號

姓　名　沈兼士
別　號
籍　貫　浙江吳興
履　歷
職　務　國文系講師
通訊處　東城什方院十九號

刘半农

汪怡、杨树达、沈兼士、刘半农等先生在20世纪20年代先后来到北高师国文系，他们与钱玄同、白涤洲、周作人、赵元任等先生一起推动了近代中国的语言文字改革。简化字、拼音字母和普通话等的推行，都与这些先生的奔走呼告、身体力行关系莫大。

職　務　國文系教員
履　歷
籍　貫　浙江
別　號　子庚
姓　名　劉毓盤

永久通信處　北平西老胡同十三號
職　務　國文系講師
履　歷　北大學院教員
籍　貫　湖南陽明
別　號　高覺
姓　名　郭秉鈞

暫：東城隆福寺街大東公寓
信處
永久通　甘宅：四川大竹縣城西泉街
職　務　國文學系專講師
履　歷　北大女師大藝專講師
籍　貫　四川大竹縣
別　號　藝仙
姓　名　甘大文

范文瀾　仲澐
籍　貫：浙江
職　務：國文系講師
通訊處：北平後門內南月牙胡同

董　瑤　魯庵
籍　貫：河北宛平
職　務：國文系教授
暫時通訊處：北京師範大學附屬中學
永久通訊處：西城電綫胡同十八號

方　策　六
籍　貫：福建
職　務：國文系講師
通訊處：安福胡同八五號

白　滌　洲　筱舟
籍　貫：河北宛平
履　歷：國語統一籌備委員會常務委員
職　務：國文系講師
通訊處：機織衛淹通胡同六號

以上三位皆为著名文学史家，曾在两师大国文系分别任教。

1924年，北高师和女高师先后升格为师范大学。在此前后，两师大国文系的教师团队不断壮大。很多先生在初入师大国文系时还是"青年学者"，之后凭着深厚的学养和多年的坚持，成为享有盛誉的国学大师。

北京师范大学国文系图史

姓名：郭紹虞
別號：
履歷：
籍貫：江蘇吳縣
職務：國文系講師
永久通信處：海甸成府將家胡同四號

张凤举

羅根澤 雨亭
職務：國文系講師
通訊處：後百戶廟三號

駱鴻凱 紹賓
籍貫：湖南長沙
履歷：曾任武漢大學教授河北大學教授
職務：國文系講師
暫時通訊處：宣內石燈庵乙三號
永久通訊處：湖南長沙泓治市本宅

國文系講師
孫人和先生

嚴既澄
籍貫：廣東四會
履歷：曾任上海大學文治大學教授北京大學講師
職務：國文系講師
通訊處：北平南池子瑪家胡同二號

图中三位先生初来北师大国文系时，都还是"青年学者"。其中，郭绍虞先生来得较晚，也刚到不惑之年；张凤举先生和罗根泽先生甫来师大时都在而立之年，而罗根泽先生更在两师大任教多年。他们与陈锺凡先生一样，都成为中国现代文论学科的开拓者。

以上三位先生都有深厚的经学积淀，不但熟习文字训诂，更擅长诗词文赋。

徐祖正

陈源

徐元度

袁同礼

杨晦

郑天挺

图中三位先生都是著名翻译家，他们在北高师"改大"后先后来到北师大国文系任教，其中陈源先生更因为其与鲁迅先生长久的笔墨官司，以笔名"陈西滢"为学界所熟知。

图中三位先生都在20世纪20年代就来到女高师国文系，后长期在北高师、北师大国文系任教。杨晦先生为世人所知，还因为他在北大读书时，与我校的匡互生、周予同一样，是五四运动时"火烧赵家楼"的亲历者。

姓 名	余嘉錫
別 號	季 豫
籍 貫	湖南常德
履 歷	前清舉人
職 務	國文系講師
通訊處	宣內槐抱椿樹巷四號

姓 名	商承祚
別 號	錫 永
籍 貫	廣東番禺
履 歷	
職 務	國文系教授
通訊處	後門東板橋二道橋二號

林損（一八九一—一九四〇）

三位经学家皆在北高师"改大"后来到北师大国文系，并在师大任教多年。

吴梅　　　　　黄节　　　　　俞平伯

三位先生工诗能文，并在中国文学研究上各有专长。吴梅先生治词曲独步天下；黄节先生是中国近代报业开创者之一；俞平伯先生是举世公认的红学大师。所幸的是，他们也先后在20世纪二三十年代来到北师大国文系兼课。

金兆梓

朱自清

青年时期的林庚

新中国成立后的林庚

陆侃如、冯沅君夫妇

1931年，北师大和女师大合并，两校的国文系也合二为一。此后，新的师大国文系迎来了又一批学养深湛的学者。金兆梓、朱自清、冯沅君、陆侃如、林庚等先生作为"青年"文学史家中的佼佼者，先后来到师大国文系。

姓　名　吳三立
別　號　辛旨
籍　貫　廣東平遠
履　歷　本校國文系畢業
職　務　國文系講師
通訊處　廠甸附中

國文學系講師
唐蘭先生

國文系講師
夏宇眾先生

林尹

四位先生都是语言、文字学家，除了夏宇众先生，其余三位都在合校后来到师大国文系，当时还都是青年学者。夏宇众先生早年毕业于北高师，此后长期任教于母校，其作风就是典型的师大风格：低调、勤谨、务实。

郑振铎

孙楷第

孫席珍
籍　貫：浙江
職　務：國文系講師
通訊處：臥佛寺街三十四號

"合校"后，著名翻译家郑振铎、敦煌学家孙楷第、"诗孩"孙席珍也加入北师大国文系教师队伍的行列。

姓　名　周作人字啟明

籍　貫　浙江紹興

履　歷　日本留學現任北大教授

職　務　文學教授

通訊處　西城公用庫八道灣十一號

中華民國三十一年三月二十八日

教育總署督辦周作人

自強不息　願共勉之

朝乾夕惕　念茲在茲

誨之勿倦　啟迪新知

春風化雨　普被及時

為人模楷　樹德務滋

學以致用　惟日孜孜

莘莘多士　俊彩星馳

傳道授業　首重良師

學生畢業典禮訓詞

國立北京師範大學第一屆

周作人为日伪时期北师大作的训词

1937年，平津沦陷。在山河破碎之际，北师大师生不畏艰险、跋涉万里，最终落脚西北，木铎翎音于斯接续，而周作人等教授则留在日据的北平。但是，与钱玄同、马裕藻、陈寅恪和孟森等教授不同，从北高师时期就来到师大的周作人后来出任伪政权教育总长，身仕伪职，是非早有定评。作为文学家、批评家的周作人，对师大国文系的影响跨越北高师、女高师、北师大等多个阶段，却未磨灭师大师生的革命热忱，诚可叹也。

先师

于赓虞　　　　　谭戒甫　　　　　易忠箓　　　　　吴世昌　　　　　李嘉言

播迁西北时期，图中这些先生们或随校西迁，或在流离中落脚西北师院，使师大国文系的文脉得以延续。

高元白　　　　　　　　叶鼎彝　　　　國文系副教授 王汝弼　　　顾学颉

四位先生都毕业于20世纪30年代，在师大最困难的时候与母校同舟共济，其中叶鼎彝（丁易）、王汝弼等先生在抗战后一直在北师大国文系教书育人，中华人民共和国成立后，成为新的北师大中文系最早的建设者。

北京师范大学国文系图史

國文系兼任講師　　國文系講師
彭　主　鬯　　張　鴻　來

國文系教授
壽　普　暄　　　　馬宗芗

國文系教授　　　　國文系兼任教授　　　國文系副教授
劉　盼　遂　　陸　宗　達　　李　長　之

1946年西北师范学院在北平复校后，图中三位先生先后来到新的北平师范学院国文系，此后再也没有离开，将毕生所学都贡献给了北师大中文系。他们与前面提到的黎锦熙、王汝弼等先生及后面将会介绍的叶苍岑、启功、葛信益等先生，在中华人民共和国成立后的50年代，曾被并称为北师大中文系的"十八罗汉"。

日伪华北政权曾于1938年"重建"北京师范大学和北京女子师范学院。日伪北师大国文当时集中了一些留平教授，除了已经介绍的梁启雄先生，以上几位先生中，如寿普暄（昀）、彭主鬯等都曾在北师大、女师大国文系任教多年，张鸿来先生还曾任教于北师大附中。1945年抗战胜利之后，以上几位先生多数留在了复校的北平师范学院国文系，直到1949年。

叶苍岑

國文系副教授　　　國文系講師
曹　礜　　高　華　年

图中三位先生中，曹礜先生在西北联大时期就来到国文系，另两位先生则于师大"复校"后来到北平师范学院国文系。新中国成立后，叶先生留在北师大中文系，而高先生则调离北师大，在中山大学中文系工作至21世纪。

萧璋

啟功先生
國文兼美術講師

葛信益先生
中國文學系講師

英語系教授
梁實秋

英語系教授兼系主任
焦菊隱

辅仁的老校长陈垣先生后来主持北京师大，对中华人民共和国成立后的新北师大有着不可磨灭的定鼎之功；萧璋、启功等一大批学者，长期任教于辅仁大学工艺美术系和国文系，在院系调整之后来到北师大，以上三位都成为北师大中文系的"十八罗汉"之一。

姓　名　楊宗翰
別　號　伯屏
籍　貫　江蘇丹徒
履　歷　美國哈佛大學
職　務　比較文學系教員
通信處
號　北京錦什坊街養馬營四

姓　名　沈步洲
別　號　步洲
籍　貫　江蘇武進
履　歷　前本校英文系主任及各大學教授
職　務　英文系教授
通訊處　後王公廠十五號

姓　名　陳垣
別　號　援菴
籍　貫　廣東
履　歷　北平輔仁大學燕京大學等教授
職　務　史學系教授兼主任
通訊處　西四豐盛胡同十八號

姓　名　王桐齡
別　號　嶧山
籍　貫　河北任邱
履　歷　前清增生日本東京帝國大學文學士
職　務　史學系教授
通訊處　羅院胡同十五號

姓　名　陸懋德
別　號　詠沂
籍　貫　山東歷城
履　歷　美國威士康森大學文碩士
職　務　史學系教授
通訊處　西單貴仁關十五號

在北师大的校史中，国文系、英文系、历史系和社会学系曾同属于文学院，国文系学生选修了英文系、历史系多门课程，包括"西洋文学""西洋史""史记""诸史考略"等。以上各位先生都曾亲自为国文系学生授课，而他们自己在本领域内也都是声名卓著的一代宗师。

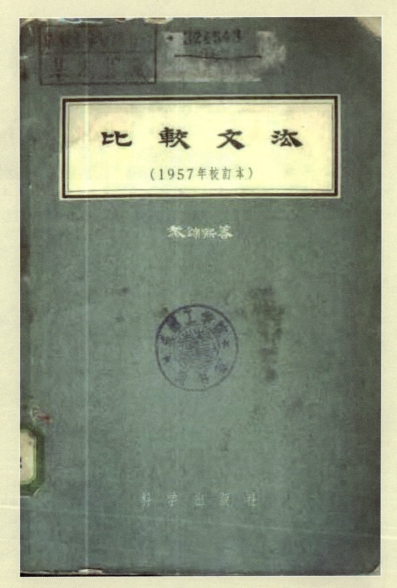

黎锦熙先生著作

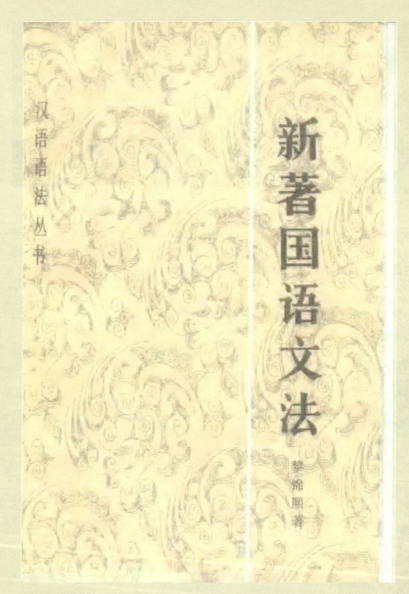

黎锦熙先生著作

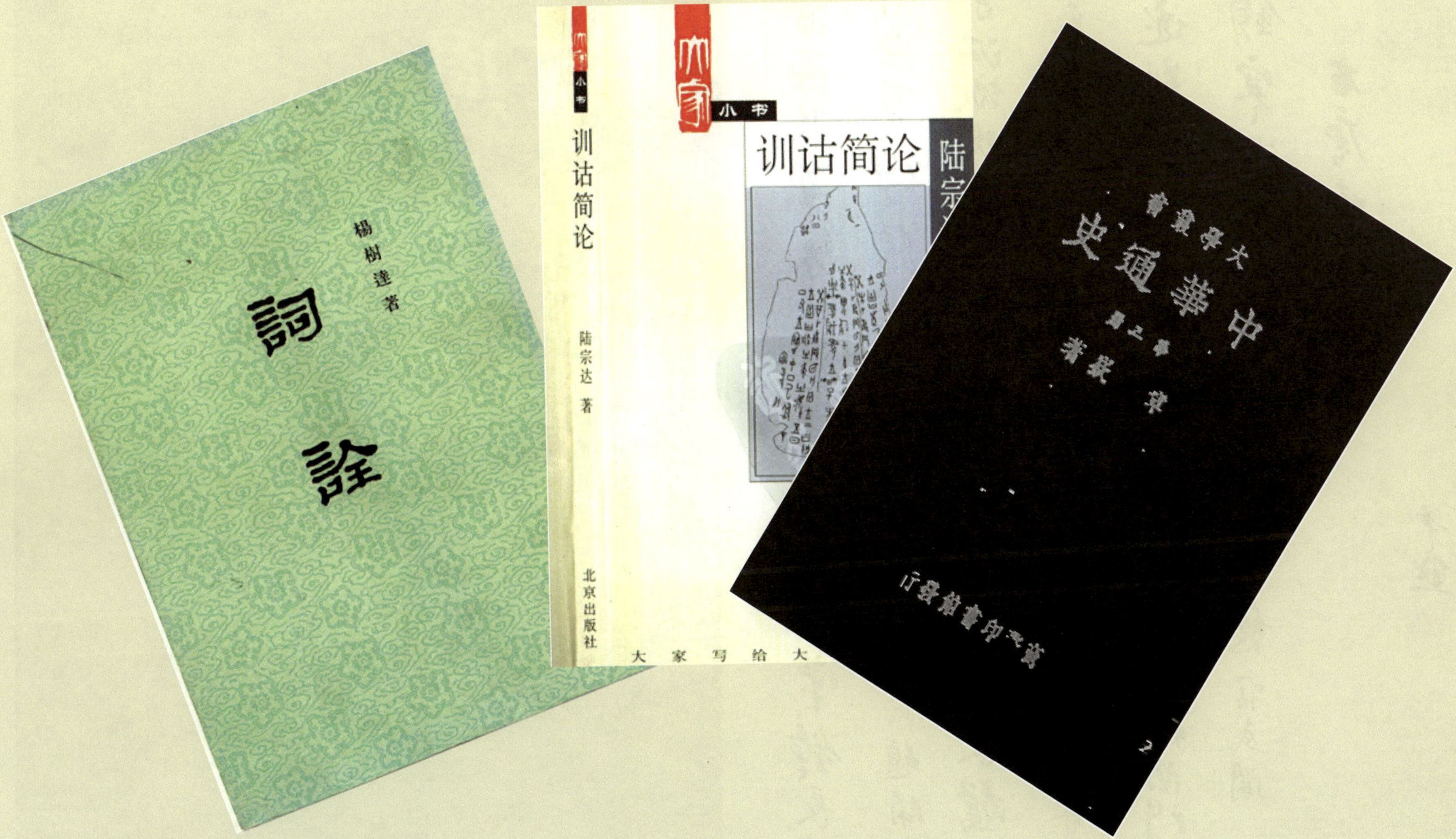

先师

杨树达 著

詞詮

大家小书

训诂简论

陆宗达

训诂简论

陆宗达 著

北京出版社

大家写给大

大学丛书

中華通史

第二册

章嵚

商务印书馆发行

章嵚、杨树达、陆宗达先生著作

宿雨初收草木濃　群鴉飛散下堂鐘
長廊無事僧歸院　盡日門前獨看松　題開聖寺
江城吹角水茫茫　曲引邊聲怨思長
驚起暮天沙上雁　海門斜去兩三行　潤州聽暮角
遠別秦城萬里遊　亂山高下入商州　關門
不鎖寒溪水一夜　潺湲送客愁　宿武關

右唐李涉絕句

沈尹默书法作品

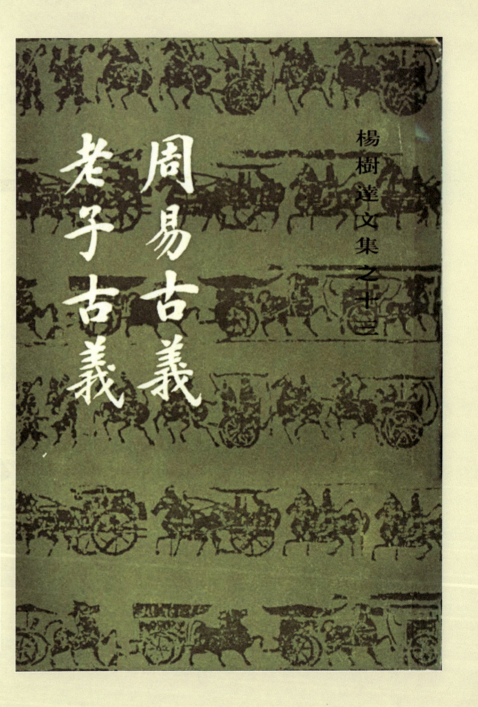

楊樹達文集之十四

周易古義
老子古義

1918年北高师国文部教师名单

科目	專/兼任	姓名	字	年齡	籍貫	通訊處	時間
文字學	專任	錢玄同	玄同	三十三	浙江吳興	本校寄宿舍	民國二年九月
國文	兼任	茅恩炳	蔚文	三十七	江蘇丹徒	附屬中學校	民國四年九月
國文	兼任	陸承實	光宇	三十	浙江杭縣	察院胡同	民國六年一月
國文	兼任	胡家祺	玉孫		直隸天津	後河沿	民國七年九月
國文	兼任	馬裕藻	幼漁	四十二	浙江鄞縣	籠子庫	民國二年九月
文學史	兼任	朱希祖	逖先	四十一	浙江海鹽	織染局	民國五年十一月
修辭學	兼任	馬叔倫	夷初	三十五	浙江杭縣	關才胡同二條	民國七年二月
國文	兼任	曹振勳	致堯	四十三	直隸安新	虎坊橋	民國七年九月
國文	兼任	鄭炳勛	鞠如	四十六	直隸天津	本校	民國四年九月
國文	兼任	譚邦翰	步民	三十三	湖南湘鄉	西茶食胡同	民國六年九月
國文	兼任	張彭年	壽臣	五十	直隸天津	本校	民國七年八月
國語	兼任	王璞	蘊山	四十五	宛平京兆	橫爐營胡同四條	民國四年九月

西北师院时期国文系教师名单

教 職 員 通 訊 錄

院 長 室

姓名	別號	性別	年齡	籍貫	履歷	職務	通訊處
袁敦禮		男	五十二	河北徐水	北平高等師範肄業、美國芝加哥大學、美國霍布金斯大學、衛生學院理學士、美國哥倫比亞大學教師學院碩士	院長	北平南橫街二〇號

國 文 系

姓名	別號	性別	年齡	籍貫	履歷	職務	通訊處
夏宇衆		男	五十四	湖北廣濟	前北京高師畢業、曾任中大等教授	教秘兼書	和內半壁街四九號
劉盼遂		男	四十九	河南息縣	清華大學研究院、清華燕京大學副教授	教授	河南息縣荤集
壽普暄		男	四十九	浙江諸暨	北京高師	教授	北平西城太平倉前車胡同二八號
姚可崑		女	三十九	河北臨榆	德國海岱山大學	教授	沙灘中老胡同三二號
王汝弼	聘夫	男	三十六	河北薊縣	北平師大	副教授	河北薊縣段甲嶺
李長之	長植	男	三十五	山東利津	清華大學、中央大學副教授	副教授	本院
李柏顯	丕之	男	四十三	山東曹縣	清華大學研究院	副教授	山東曹縣城東南三十五里李雙廟
曹燕	鳴皎	男	四十四	湖南衡山	北平師大	副教授	湖南衡山薪場上漲生泰轉
葉鼎彝		男	三十四	安徽桐城	北平師大	副教授	安徽桐城東門
張鴻來	少元	男	六十七	天津	日本宏文師範學院	講師	北平琉璃廠外北極巷九號
高華年		男	二十七	福建南平	北京大學研究院	講師	福建南平余慶鄉
陸宗達		男	四十二	浙江慈溪	北京大學	兼課教授	宣外前青廠二七號
侯塂		男	四十五	安徽無爲	清華大學研究院	兼課教授	安徽無爲縣
孫人和		男	五十二	江蘇鹽城	北京大學	兼課教授	北平崇文門內東受祿街甲一七號
俞靜安		男	五十三	浙江紹興	北京大學	兼任教授	北平內六區南月牙胡同甲一三號
孫楷第	子書	男	四十八	河北滄縣	北平師大	兼任教授	河北滄縣城東南王寺鎮
梁啓雄		男	四十八	廣東新會	南開大學	兼任教授	燕京大學南門八號
張弓		男	四十八	江蘇灌雲	國立武昌大學	兼任教授	西直門大後倉合一八號里
王維庭	賓甫	男	四十三	山東牟平	北平民國學院	兼任教授	山東牟平縣櫻嵐村

北京师范大学国文系图史

國文系

姓名	字	籍貫	教授科目	住址	電話號數
楊樹達	遇夫	湖南長沙	文法（主任）	西城六舖炕十八號	西一二八九
馬裕藻	幼漁	浙江鄞縣	校讐學古籍校讀法	後門內東板橋北頭	東一五七一
馬叙倫	夷初	浙江杭縣	說文研究	西四大拐棒胡同三號	西一九九
朱希祖	逷先	浙江海鹽	文學史	西四北草場大坑二十一號	西二〇八九
黎錦熙	劭西	湖南湘潭	語法修詞學	西城機織衛淹通胡同四號	南一六二〇
徐祖正		江蘇崑山	外國文學	東城篠米倉甲二十六號	東三八二三
錢玄同		浙江吳興	文字學音韻部	西北園師大教員寄宿舍	
汪怡	一广	浙江	國語發音學	老墻根十六號	
王璞	蘊山	京兆宛平	國語	前門內草帽胡同北口燈草店三號	
高步瀛	閬仙	京兆霸縣	作文	西四南大口袋胡同	
沈兼士		浙江吳興	文字學形義部	後門內太平街十六號	
單不广		浙江	國故概要	北蘆華街兄弟飯店	
劉毓盤	子庚	浙江江山	詞	大秤鈎胡同三號	
劉文典	叔雅	安徽合肥	文選研究	草埧胡同四號	
黃節	晦聞	廣東順德	詩	前門外高井胡同八號	
吳承仕	檢齋	安徽歙縣	散文	敎場四條二十七號	
陳源	通伯	江蘇無錫	現代文藝	景山西陟門大街十七號	
林公鐸		浙江	諸子學	按院胡同六十五號	
夏宇衆		湖北	國文講讀	附屬中學	
梅貽瑞	仲符	直隸天津	國文講讀	附屬中學	
駱鴻凱	紹賓	湖南長沙	國文講讀	弓弦胡同大口袋五號	東四二六
朴[?]		浙江	國文講讀		
夏宇衆		湖北	國文講讀	附屬中學	
梅貽瑞	仲符	直隸天津	國文講讀	附屬中學	
駱鴻凱	紹賓	湖南長沙	國文講讀	弓弦胡同大口袋五號	東四二六

20世纪30年代北师大国文系教师名单

学长

1902

—

1949

北京师范大学国文系图史

光绪癸卯京师大学暑假仕学师范合影

京师大学堂首批留学生合影

第四届 民國六年 一九一七年 國文專修科畢生業 三十四人

包玉麟	無外	浙江吳興	北平金城銀行文牘員	
李 時	凌斗	河北樂亭		見第十六屆國文系
李厚琪	祖清	浙江鎮海		
李培棟	敏材	雲南鹽豐		故
何其達	午亭	甘肅靖遠		故
周 監	金聲	浙江浦江	浙江麗水第十一中學學級主任兼教員	
尙 詒	子謀	河北涿縣		
胡 翯	羽高	貴州三合	四川重慶黔軍駐渝辦事處處長	
祖吳椿	靖亞	浙江海鹽	浙江嘉興第二中學校校長	
高 健	乾三	陝西鄠縣	陝西鄠縣縣立初級中學校長	
袁楚喬	樹森	湖南石門		
張英華	蘊中	吉林扶餘		見第八屆英語部
章 寅	曉初	湖北黃陂	清華大學註冊課課長	
許本裕	惇士	安徽歙縣	浙江省立第一女子中學教員	
寇士昌	錫臣	雲南劍川	雲南河口督辦署秘書	
張宜興	叔範	浙江海鹽		
陳勉恕	如心	廣東南海		
張崇玖	亞威	江蘇青浦		
傅貴雲	仲霖	吉林扶餘	吉林省立大學副教授	
楊憲成	柏林	安徽泗縣		
觧福蔭	竹生	雲南鶴慶	雲南蒙自聯合中學校校長	
颯邦暄	熙甫	安徽涇縣	教讀	
颯寶山	子箴	安徽涇縣		故
裴正端	士延	甘肅洮沙	甘肅省立第一中教務主任兼教員	
漢汝澤	潤生	甘肅金縣	甘肅省立第一中學學監兼教員	
慶汝廉	松泉	雲南昆明	雲南省官制印刷局局長	
劉維炳	華南	河北阜平	天津義租界南西馬路三號教讀	
劉連驤	蓬乙	河北滄縣		
劉啟智	宴秋	廣東平遠		
錢 濤	德華	浙江嵊縣		
盧宗藩	伯屛	河北涿縣	北平第一中學教員	
鍾道統	寄庭	浙江浦江		
戴曾錫	允孫	安徽合肥	安徽合肥省立第六中學校校長	
龐澌榮	子進	廣西興業	廣西博白縣立中學校教務長	

1917年北高师国文专修科毕业生名单，他们也是北师大国文系历史上第一批毕业生。

1918年北京高等师范学校第五届毕业生合影（本年度并没有国文系毕业生）

第六届 民國八年 一九一九年 國文部畢業生 二十三人

王庭芝	九莖	河北定縣	河北定縣平民教育促進會	
尹宗鎮	景安	河北饒陽		
王九齡	壽平	河南商邱		見第十屆教研
朱蘊中	振愚	廣西桂平		故
但功偉	伯英	四川台川		故
林鴻材	棟如	廣東新會	廣東江門市市立中學校校長	
徐名鴻	名鴻	廣東豐順	廣東省立第一中學教員兼教務主任高中師範科主任西村小學主任	
馬瑤圖	輯五	河南汲縣	河南省立第一師範教員兼編輯主任圖書館主任及第一女子師範教員	
高晴齋	希頤	河南虞城	河南洛陽省立第三職業學校教員	
梅貽瑞	仲行	河北天津	本校附中教員	
黃昌藐	子圜	江西星子	吉林長春第二中學教員	
張燾	建侯	河南潢川	黑龍江漠河金礦總務科	
陳文華	斐然	河北安次		見第十三屆國研
張金豐	玉塵	河北大名		
張賢棟	材甫	安徽桐城		
張百溪	次山	山東郊城		故
郭乃岑	桐軒	河北高邑	河北邢台第十二中學教員	原名鳳琴
陳宗孝	可軒	雲南麗江	雲南省教育廳第二科科員	
齊鴻照	朗齋	山東定陶	山東曹州省立第五師範校長	
蔣起龍	伯潛	浙江富陽	浙江吳興第三中學校長	
鄧卓明	克禹	湖北京山	武昌省立師範學校校長	
劉昂	次軒	山東東平	山東省財政廳科員	
蔡志澄	亞清	安徽合肥	安徽合肥第六中學教員	

第七届 民國九年 一九二〇年 國文部畢業生 二十三人

米登嶽	峻生	陝西蒲城		
安汝常	叙五	河北大興		見第十三屆國研
吳彬	完齋	河南商邱	河南洛陽省立第三職業學校教員	
李鳴謙	六吉	河南新鄉		
祁志厚	定遠	綏遠薩拉齊		
周予同	予同	浙江瑞安	上海商務印書館編輯	原名蘧
邵正祥	明軒	貴州貴陽		
周祜	遐明	浙江諸暨		
武茂緒	子松	河北永年		故
孫光策	狠工	湖南寶慶	上海復旦大學中國文學系主任及暨南大學教授	
張雲	石嶠	江西貴谿		
陳寶樹	廎佛	河北天津	河北天津第一中學教員	
郭濤和	協中	河北邢台		故
曾兆新	希恒	福建閩侯	福建省立福州初級中學教員	
董璠	魯卷	河北宛平		見第十三屆國研
楊嵩山	次青	遼寧瀋陽	遼寧四平街四洮鐵路局課員	
壽家駿	子逸	浙江諸暨	浙江永嘉省立第十中學校校長	
劉節之	禮巷	河北灤縣	河北文安縣縣長	
劉汝蒲	仲菖	山東沂水	山東公產清理處科員	
劉書春	新東	河南沁陽	北平中國大學教員	
關傑	超萬	河南開封	河南教育廳督學	
麗秀山	松坡	熱河凌源	熱河教育廳督學	
蘇師穎	邃如	福建莆田	福建廈門集美女子中學校校長	

因为招生的空档，此后北高师第八届毕业生并无国文部毕业生。第九届仅包含1922年教育研究科的16位毕业生，因此，从1920年6月之后，下一批国文部毕业生出现在1922年6月第十届（见后页）。

北京师范大学国文系图史

第十届 民國十一年 一九二二年 國文部畢業生 二十九人

王純人	仲友	湖北黃岡			
王鑑武	景鎬	河北大名	上海勞動大學體育指導員		
王德儉	子約	山東諸城		見第十五屆國研	
王道昌	顯周	四川雅安	四川萬縣寓州日報社		
王樹之	樹之	吉林寧安		故	
向心葵	丹忱	湖北夏口	湖北省教育廳督學		
李開泰	子平	河北高陽			
杜繩曾	筱齋	河南杞縣			
邱祖銘	新伯	浙江德清	英國倫敦中國使館隨員	Chinese Legation Lonbon	
邱鳳書	麟書	遼寧遼陽	遼寧省政府第三科科長		
柳文藩	樹勳	山西朔縣			
唐世芳	效實	四川犍為			
孫樹棠	蔭南	河北深澤	河北順德第四師範校長		
高克明	葆光	遼寧遼陽	遼寧盤山鹽場場知事		
張崑玉	仲源	山江洪洞			
許 韵	天忱	安徽歙縣			
黃遵騎	駿如	浙江浦江	教育部編審		
張之林	翰卿	河北遵化	河北省立第二師範教員		
張俊傑	漢三	河北玉田			
郭寶鈞	子衡	河南南陽	中央研究院歷史語言研究所		
喻弗塵	滌六	遼寧瀋陽	遼寧省立第一高級中學校教員		
馮成巒	書春	河北遵化	南京教育部秘書		
趙民樂	建平	河南滎陽	河南開封東岳學校校長		
壽 昀	普暄	河北大興	河北大學講師		
翟鳴九	震霄	河北雄縣			
樊樹芬	曉雲	湖北當陽	湖北教育廳股長		
樊福增	伯盤	河南汲縣	河南汲縣第五師範教員		
鍾蔚昇	霞城	江西瑞金			
欒鴻文	繼周	吉林德惠	吉林德惠縣立初級中學校長		

国立北京师范大学一九二四年毕业京师生合影 民国十三年五月

1924年国文系毕业师生合影

北京师范大学国文系图史

第十二届 民國十三年 一九二四年 國文系畢業生 二十七人

于承宗	繩武	遼寧蓋平	經理家務
朱桂耀	瑤圃	浙江義烏	故
何呈錡	仲蘭	四川西昌	故
宋文翰	伯靜	浙江金華	上海滬江大學中學部教員
汪震	伯烈	江蘇武進	見十四屆教研
李宏毅	逸生	河南息縣	湖北漢口省立第二女子中學教員
李燮治	式相	南湖寶慶	
吳菁	竹偓	福建詔安	見第十五屆國研
林皋	品石	浙江樂清	福建廈門集美學校中學部教員
姜師肱	慕先	福建福安	福建福州初級中學教員
陳仰華	孝宣	山西臨晉	山西運城明日中學教務主任
陳濟明	子謙	陝西南鄭	故
章號梧	嶧琴	浙江金華	浙江永嘉第十中學教員
張敦訥	默生	山東臨淄	山東濟南省立高級中學校長
篤世銘	新三	山西稷山	山西臨汾第六中學訓育主任
董渌	袖石	遼寧法庫	見第十五屆國研
楊詔春	華甫	陝西城固	陝西城固縣教育局局長
楊映華	實生	雲南石屏	
董憲元	鳳宸	山東陽信	山東萊陽縣省立第二鄉村師範校長
趙宗閩	越南	浙江東陽	見第十五屆國研
黎鏡遠	洞明	江西崇仁	上海暨南大學中學部教員兼立達學園教員
鄒淑銘	子遠	浙江宣平	
劉明達	哲民	吉林永吉	
盧懷琦	伯瑋	陝西城固	見第十四屆教研
戴錫樟	冠峯	福建閩侯	福建第一中學訓育主任
韓佩章	允符	遼寧遼陽	遼寧教育廳第二科科長兼第四科科長
蘇觀海	蓬仙	河北故城	

韩樟佩

戴锡樟

宋文翰

苏观海

赵宗闽

董宪元

卢怀琦

董泽

刘明达

杨映华	郑淑铭	黎镜远	陈仰华	陈济明	杨韶春
宁世铭	姜师肱	林嵒	张敦讷	章毓梧	李燮治
何呈锜	吴菁	李宏毅	朱桂耀	于承宗	汪震

国立北京师范大学国文系毕业师生合影 四月 廿日

1925年国文系毕业师生合影

第十三屆 民國十四年 一九二五年 國文研究科畢業生 八人

丁致聘	陶庵	湖北麻城	
安汝常	叙五	河北大興	北平市立第一中學教員
黃聰	洪勛	廣東台山	
張楚	漢廷	湖北蒲圻	
陳文華	斐然	河北安次	江蘇東海中學教員
費同澤	戛九	湖北沔陽	留學德國柏林大學
董璠	魯安	河北宛平	本校附中教員
劉秀生	秀生	廣東平遠	

1925年，升格为师范大学的北京师范大学国文研究科第一次有研究生毕业，共8人。

第十三屆 民國十四年 一九二五年 國文系畢業生 二十二人

王壽康	福卿	河北武邑	北平志成中學及求實中學教員	
孔憲章	述甫	龍江肇州	黑龍江肇州縣教育局長	
王殿儒	子陵	綏遠豐鎮縣	綏遠省立第一中學教員	
牟蕃梓	鐸民	甘肅蘭州	甘肅省立第一師範第一工業及甘肅大學教員	
杜力功	同力	河南西華		
屈震霄	凌漢	河北定縣	河南洛陽第四師範教務兼國文教員	
俞奮然	問樵	江蘇鹽城		
馬汝楫	濟川	陝西綏德	陝西高級中學會計主任兼教員	
盛叙倫	叙倫	浙江金華		原名增沂
郭良田	新畬	綏遠豐鎮縣		見第十五屆國研
莊奎章	奎章	福建惠安	福建省立霞浦初級中學濬務主任兼教員	
張統蕃	椒升	山西臨汾		
董淮	渭川	山東鄆縣		見第十五屆國研
逯檟	體彥	綏遠托縣		
雷鼎兆	潤梅	廣西南寧		故
靳實華	介塵	陝西醴泉		
趙立哲	崇銘	吉林吉林	吉林第一女子師範學校教員	
劉挹群	君寔	廣東大埔		見第十五屆國研
盧自然	文齋	河南滑縣	河南開封第一女子師範校長	
蕭家華	滌塵	江西奉新		
龍慶鳳	幼天	甘肅狄道	甘肅省立第一師範學學監兼甘肅大學教員	
龐驤	南州	河南孟津	河南洛陽第四師範校長	

姓名 白啟霖字潤生
年齡 二十一歲
籍貫 直隸徐水縣
通訊處 北京宣武門外椿樹上三條門牌二十六號

白启霖

姓名 劉秀生字秀生
年齡 二十八歲
籍貫 廣東平遠
通訊處 汕頭平遠場頭

刘秀生

姓名 丁致聘字陶庵
年齡 二十八歲
籍貫 湖北麻城乘馬
通訊處 湖北麻城崗郵局轉

丁致聘

姓名 費同澤字戛九
年齡 二十六歲
籍貫 湖北沔陽
通訊處 武昌巡道嶺十六號轉

费同泽

姓名 黃聰字洪勛
年齡 二十四歲
籍貫 廣東台山
通訊處 廣州城西關龍津首約龍和里一號台山黃宅

黃聰

姓名 董璠字魯庵
年齡 二九歲
籍貫 京兆宛平
通訊處 北京師範大學附屬中學校

董璠

姓名 安汝常字叙五
年齡 三三歲
籍貫 京兆大興
通訊處 大興縣勸學所

安汝常

姓名 陳文華字斐然
年齡 二八歲
籍貫 京兆安次縣
通訊處 京兆安次縣舊州鎮興記轉交

陈文华

北京师范大学国文系图史

姓　名　張楚字藻廷
年　齡　二八歲
籍　貫　湖北蒲圻
通訊處　湖北蒲圻中伏舖郵局轉

張楚

姓　名　靳寶華字介麈
年　齡　三十一歲
籍　貫　陝西醴泉
通訊處　本縣城內義興春轉交

靳宝华

姓　名　逯僙字禮彥
年　齡　二十四歲
籍　貫　綏遠托縣
通訊處　綏遠托縣河口鎮

逯侯

姓　名　董淮字渭川
年　齡　二十五歲
籍　貫　山東鄒縣
通訊處　山東鄒縣倉胡同

董淮

姓　名　雷鼎兆字潤梅
年　齡　二十五歲
籍　貫　廣西南寧
通訊處　廣西南寧倉西街晉益祥

雷鼎兆

姓　名　趙立哲字紫銘
年　齡　二十五歲
籍　貫　吉林吉林縣
通訊處　吉林省城魁星樓前胡同五十二號

赵立哲

姓　名　劉冕羣字君實
年　齡　二五歲
籍　貫　廣東大埔
通訊處　汕頭大麻

刘冕群

姓　名　王壽康字福卿
年　齡　二十六歲
籍　貫　直隸武邑
通訊處　北京東大市永信誠收交

王寿康

姓　名　張毓蕃字椒升
年　齡　二十六歲
籍　貫　山西臨汾縣
通訊處　臨汾縣家圈內

张毓蕃

姓　名　牟蔭梓字鐸民
年　齡　二十六歲
籍　貫　甘肅蘭州
通訊處　甘肅蘭州東關白衣寺對門牟宅

牟荫梓

姓　名　馬汝楫字濟川
年　齡　二十六歲
籍　貫　陝西綏德
通訊處　陝北米脂扶風寨

马汝楫

姓　名　王殿儒字子林
年　齡　二十八歲
籍　貫　察哈爾豐鎮縣
通訊處　豐鎮縣隆盛莊高等小學校

王殿儒

学长

姓名　盛增沂字叙倫
年齡　二十八歲
籍貫　浙江金華
通訊處　金華梅花門童
萬森堂交驛頭

盛增沂

姓名　莊奎章字奎章
年齡　二十六歲
籍貫　福建惠安
通訊處　北京後孫公園
六號

庄奎章

姓名　龍慶風字幼天
年齡　二十六歲
籍貫　甘肅狄道
通訊處　甘肅狄道新添
舖

龙庆风

姓名　俞畲然字問樵
年齡　二十八歲
籍貫　江蘇鹽城
通訊處　江蘇鹽城樓王
莊西漢村

余畲然

姓名　屈震驀字凌漢
年齡　二十八歲
籍貫　直隸定縣
通訊處　直隸定縣城內
北街

屈震骞

姓名　孔憲章字逃市
年齡　二十八歲
籍貫　黑龍江肇州縣
通訊處　黑龍江豐樂鎮
與發福

孔宪章

姓名　郭良田字新畬
年齡　二十八歲
籍貫　察哈爾豐鎮縣
通訊處　豐鎮縣隆盛莊
永順德

郭良田

姓名　蕭家霖字滌塵
年齡　二十九歲
籍貫　江西泰新
通訊處　江西泰新蕭德
泰姓號

萧家霖

姓名　盧自然字文喬
年齡　三十歲
籍貫　河南滑縣
通訊處　河南滑縣城內
東門裡路南

卢自然

姓名　龐驤字南州
年齡　二十九歲
籍貫　河南孟津
通訊處　河南孟津城內

庞骧

姓名　杜同力
年齡　二十八歲
籍貫　河南西華
通訊處　河南西華逍遙
鎮劉瑞鼎先生
轉

杜同力

姓　名　王逑達字善凱

年　齡　二十三

籍　貫　浙江紹興

通信處　北京蹦才胡同南寬街十四號

（國文系）

姓　名　楊如升字旭初

年　齡　二十九

籍　貫　河南涉縣

通信處　本縣城內蘭香園轉

（國文系）

第十四屆　民國十五年
一九二六年　國文系畢業生　二人

王逑達　善凱　男　浙江紹興

楊如升　旭初　男　河南
涉縣　河南省立安陽高級中學校指導主任
河南安陽省立安陽高級中學
河南涉縣南關萬鑑成轉
見第十六屆國文系

六十五年 民國 影攝業畢屆四十第學大範師京北立國

1926年北师大毕业同学合影

国文研究科毕业同学暨教员合影

国文系毕业同学暨教员合影

北京师范大学国文系图史

第十五屆 _{民國十六年}_{一九二七年} 國文研究科畢業生 十六人

王德儉	子約	山東諸城	北平益世報社編輯
何 庸	子明	廣東大埔	
李英瑜	映霞	湖北漢陽	北平市立第一女子中學教務主任
吳三立	辛旨	廣東汕頭	本校國文系講師及附中教員
吳 菁	竹僊	福建詔安	祖建詔安縣立中學校校長
胡天詒	蔭蓀	廣東三水	廣州市教育局課長兼市立師範教員
孫祥偈	松泉	安徽桐城	北平市立第一女子中學校長
郭良田		綏遠豐鎮	平綏鐵路南口機廠材料處主任
陳舜英	韶怡	廣東汕頭	北平市立第一女子中學教員
馮 芳	金德	四川隆昌	四川保寧高級中學教員
雷金波	伴書	四川資中	四川資中教育局長
董 淮	渭川	山東鄒縣	山東省教育廳督學
董 潒	袖石	遼寧法庫	遼寧民政廳秘書
趙宗閌	越南	浙江東陽	
滕秉全	子修	浙江金華	
劉冕羣	君實	廣東大埔	廣州紙行街知用中學高中部主任兼教員

第十五屆 _{民國十六年}_{一九二七年} 國文系畢業生 二十七人

王世彥	翼民	山東沂水	遼寧省立第一高級中學教員	
王子芳	馨齋	河南杞縣	河南教育廳科長	
石 鼎	君訥	安徽合肥		
牟文毓		吉林吉林		
李龍昭	沛然	山西定襄		故
李育莱	放欣	河北安國	保定育德中學教員	
李簡君		廣東梅縣		
周德聚	敬者	河北趙縣		
徐繼森	紹林	陝西榆林		
晏樂平	橫秋	四川巴縣	四川巴縣中學校長	
馬 毅	曼青	龍江綏化	黑龍江第一師範教員兼附小主任	
馬志新	煥庭	河北安次		見第十七屆國文系
殷宗夏	景純	河北房山		見第十七屆國文系
黃寬溶	仲珣	湖北宜昌	湖北宜昌縣教育局局長	
黃敬修	敬修	廣東梅縣		見第十七屆國文系
陳福祥	君若	浙江嘉興		
程毓璋	耀峯	河北深縣		見第十七屆國文系
彭 綸	雪谷	四川古藺	四川重慶省黨務指導委員	
鄧 荃		湖南衡陽	北平三民月刊社	
張陳卿	新虞	河北無極	河北省立第二師範學校校長	
張希賢	若曾	察哈爾蔚縣		
張樹義	新吾	河北昌黎		見第十七屆國文系
張作謀	蕭冰	甘肅洮沙	甘肅省立第一中學教員	
楊明德	新民	山東恩縣		見第十七屆國文系
趙德栗	毅生	山東滕縣	山東青州第四師範教務主任	
劉汝霖	澤民	河北雄縣		見第十七屆國文系
劉振聲	鐸巡	河北趙縣		

姓　名　孫祥偈
別　號　松泉
籍　貫　安徽桐城

孙祥偈

姓　名　蘇耀祖
籍　貫　京北

苏耀祖

姓　名　王子芳
別　號　裳齋
籍　貫　河南杞縣
通信處　杞縣文化街

王子芳

姓　名　董維新
籍　貫　直隸唐山
通信處　豐潤縣郵局轉

董维新

姓　名　楊明德
別　號　新民
籍　貫　山東恩縣
通信處　直隸固城怡和公轉

杨明德

姓　名　趙德栗
別　號　慎堂
籍　貫　山東滕縣
通信處　江蘇徐州賈汪宗莊

赵德栗

姓　名　劉汝霖
別　號　澤民
籍　貫　直隸雄縣
通信處　雄縣南鄭州鎮泰山德醋店子村

刘汝霖

姓　名　劉振聲
別　號　鐸師
籍　貫　直隸趙縣
通信處　直隸韓村鎮德盛生轉各南交

刘振声

姓　名　程毓璋
別　號　葵郁
籍　貫　直隸深縣
通信處　深縣東市莊村

程毓璋

姓　名　張作謀
別　號　翥冰
籍　貫　甘肅洮沙
通信處　洮沙辛甸街萬順德轉

张作谋

北京师范大学国文系图史

姓　名　張陳卿
別　號　新廎
籍　貫　直隸無極
通信處　無極祁村本宅

张陈乡

姓　名　晏繼平
號　　　橫秋
籍　貫　四川巴縣
通信處　巴縣西里虎溪塲郵局轉

晏继平

姓　名　徐繼森
別　號　紹林
籍　貫　陝西楡林
通信處　陝北楡林中學轉

徐继森

姓　名　黃寬濬
別　號　仲垣
籍　貫　湖北宜昌
通信處　宜昌城內南正街黃珍記

黄宽濬

姓　名　黃散修
籍　貫　廣東梅縣
通信處　汕頭梅縣南門內雙魁第

黄散修

姓　名　張樹義
別　號　新吾
籍　貫　直隸昌黎
通信處　昌黎泥井轉莫谷村

张树义

姓　名　陳福祥
別　號　君若
籍　貫　浙江嘉興
通信處　浙江嘉善西塘鼎隆號轉

陈福祥

姓　名　張希賢
別　號　若曾
籍　貫　直隸蕭縣
通信處　蕭縣敎育局

张希贤

姓　名　殷宗夏
別　號　景純
籍　貫　京兆房山
通信處　房山陀里車站郵轉東莊村

殷宗夏

姓　名　馬志薪
別　號　燦庭
籍　貫　京兆安次
通信處　天津西得勝口

马志新

姓　名　馬毅

籍　貫　黑龍江綏化縣

通信處　綏化縣本宅

马毅

姓　名　李簡君

別　號　簡君

籍　貫　廣東梅縣

通信處　汕頭梅縣像和堂

李简君

姓　名　李能昭

別　號　沛然

籍　貫　山西定襄

通信處　定襄中霍村

李能昭

姓　名　牟文毓

別　號　鍾英

籍　貫　吉林吉林縣

通信處　吉林城西關旗務工廠東本宅

牟文毓

姓　名　王世彥

別　號　冀民

籍　貫　山東沂水

通信處　山東莒縣南汀水轉大徐疃

王世彦

姓　名　彭綸

彭纶

姓　名　石鼎

別　號　君訥

籍　貫　安徽合肥

通信處　合肥三牌樓下同昇泰東石宅

石鼎

第十六屆 民國十七年 一九二八年 國文系畢業生 三十四人

姓名	字	籍貫	職務
王韶生		廣東豐順	廣東知用中學教員
王志恒	漢臣	山東桓台	青島市立中學訓育主任
王述達	善凱	浙江紹興	本校附中教員
沈光耀	藻翔	河北大興	天津女子師範學院教員
沈琳	映霞	江蘇江陰	
宋存璋	潔一	河北鉅鹿	
李國棟		黑龍江綏化	黑龍江教育廳秘書
李仲春	子箴	河北固安	
李梓如	蔚丹	湖南湘潭	上海家庭教師
李瓊	佩瑤	四川成都	
李時	凌斗	河北樂亭	河北省立民衆教育人員養成所教員
孟景岏	式民	河北武清	北平第一中學教員
林卓鳳	悟真	廣東澄海	北平翊教女子中學教員
林鳳喈	振聲	河北欒城	河北欒城縣教育局局長
胡廷策	天冊	廣東開平	南京黨部
姜椿年	壽千	山東平度	山東烟台省立第八中學教務主任
高榮葵	向甫	河北趙縣	北平市立師範及河北通縣第十師範教員
梁繩褘	子美	河北行唐	河北保定第二師範教員
唐卓羣	書城	湖南常德	留日
原思聰	敬德	河北武陟	河南彰德高級中學文科主任兼教員
孫楷第	子書	河北滄縣	北平中海中國大辭典編纂處
徐繼榮	秀實	四川西充	
張鐵珍	建寉	河北大興	
張宙	天廬	河北衡水	河北省黨部文書科幹事
黃如金	鑄卿	湖南永興	留美
郭耀宗	光先	河北蠡縣	北平第一中學教員
許以敬		安徽貴池	
陶國賢	元麟	雲南昆明	
傅巖	介石	浙江紹興	天津市立師範教員
湯善朝	善朝	浙江金華	廈門私立集美中學教員
湯樹人	自鏡	吉林楡樹	吉林長春省立第二師範訓育主任
趙衡年	小菘	山東歷城	北平山東中學校教務主任
翟鳳巒	澹心	湖南長沙	本校圖書館課員
譚洪	丕模	湖南祁陽	北平私立翊教女子中學及市立第一女子中學教員

圖書館

一九二九全體畢業同學暨教職員合影

1929年毕业师生合影（摄于南新华街校址图书馆前）

北京师范大学国文系图史

1928年国文系毕业同学暨教员合影

第十七屆　民國十八年一九二九年　國文系畢業生　十六人

王重民　有三　男　河北　高陽
Mr. Wang Yo-shang c/o Bibliothèque Nationale 58 Rue de Richelieu Paris IIe France

王錫蘭　馥琴　男　河北　任邱　綏遠省政府秘書
河北高陽舊城鎮轉西梁定村
綏遠省政府
河北任邱鄚州鎮信泰昌轉

李百明　伯鳴　男　廣東　梅縣　廣州民國日報社長
廣州民國日報社
汕頭丙村李成記

吳子盤　仲鼎　男　四川　梁山
湖北省立宜昌中學

何秉彝　季和　女　四川　賨中
漢口寶慶街何天元號

郭耀華　邊民　男　湖北　漢川　湖北省立宜昌中學專任教員兼級訓導
天津河北三馬路孝義里四號

殷宗夏　景純　男　河北　房山　北平市立師範學校教員
北平市立師範學校
北平西坨里橋東莊村

馬志新　幾汀　男　河北　安次
天津西得勝口轉

張我軍　我軍　男　本校講師北平市社會局秘書
天津西得勝口轉

張樹義　新吾　男　河北　昌黎　濟南民生銀行董事會文書股主任
福建廈門菉滄嶺鹿耳機山十二號
濟南民生銀行董事會

黃敬修　意之　男　廣東　梅縣　甘肅高等法院書記官
甘肅蘭州高等法院
汕頭梅縣南口黃和昌號

程毓璋　耀峯　男　河北　深縣　河北省立天津師範學校教員
河北深縣東市村莊
河北省立天津師範學校

楊明德　新民　男　河北　恩縣　河北省立天津師範學校
河北省立天津師範學校
河北故城萬盛公轉
北平宣外小寺街二十八號

劉漢　偉雲　男　河北　凜城　綏遠省立歸綏師範學校校長
綏遠省立歸綏師範學校
綏遠豐鎮西閣外喬宅轉

劉汝霖　澤民　男　河北　雄縣　北平私立民國學院教授兼中國學院講師
北平西四南羊肉胡同六十一號
河北雄縣南鄭州天興成轉店子村正修堂

賀凱　文玉　男　山西　定襄　山西省立太原師範學校教員
山西定襄縣萬義源
山西省立太原師範學校

已故
高師四年科畢
業高師四年科畢

姓名　楊明德
別號　新民
籍貫　山東恩縣
通信處　河北故城怡和公轉良民庄

杨明德

姓名　劉漢
別號　偉雲
籍貫　綏遠豐鎮
通信處　綏遠省豐鎮縣西閣外喬宅轉

刘汉

姓名　馬志新
別號　幾汀
籍貫　河北安次
通信處　天津西得勝口轉

马志新

姓名　王重民
別號　有三
籍貫　河北高陽
通信處　河北高陽縣舊城鎮轉瓷西梁淀村

王重民

姓名　劉汝霖
別號　澤民
籍貫　河北雄縣
通信處　河北雄縣南鄭州泰山德博店子村正修堂

刘汝霖

姓名　王錫蘭
別號　馥琴
籍貫　河北高陽
通信處　河北雄縣南鄭州鎮天興成轉

王锡兰

北京师范大学国文系图史

姓名 何秉彝
別號 逸民
籍貫 湖北漢川
通信處 漢口寶慶街何天元號

何秉彝

姓名 黃敬修
別號
籍貫 廣東梅縣
通信處 油頭梅縣南門內雙魁第

黃敬修

姓名 賀凱
別號 勝旋
籍貫 山西定襄
通信處 山西定襄縣萬義源

賀凱

姓名 張我軍
別號
籍貫 福建廈門
通信處 福建廈門鼓浪嶼鹿耳礁L二十二號

張我軍

姓名 徐鴻逵
別號 用儀
籍貫 四川簡陽
通信處 四川簡陽城內西街殷氏祠

徐鴻逵

姓名 李百明
別號
籍貫 廣東梅縣
通信處 油頭丙村李成記

李百明

姓名 郭耀華
別號
籍貫 四川寶中
通信處 北平後孫公園三號

郭耀華

姓名 殷宗夏
別號 景純
籍貫 河北
通信處 河北平西坨里轉東莊村

殷宗夏

姓名 程毓璋
別號 莢郁
籍貫 河北深縣
通信處 河北深縣東市村莊

程毓璋

姓名 吳子盤
別號 仲鼎
籍貫 四川梁山
通信處 四川梁山教育局轉

吳子盤

第十八屆 民國十九年 一九三〇年 國文學系畢業生 二十四人

王國良	楚材	浙江義烏	浙江紹興第三中學教員
安仁	靜生	甘肅洮沙	甘肅第二農業學校教務主任兼教員
何爵三	士堅	廣東大埔	北平市立第四中學教員
李濟人	濟人	安徽桐城	天津南開中學教員
李名正	舜琴	山西平遙	
宋汝翼	荔泉	河北獻縣	天津中日中學教員
林成燮	理之	廣東瓊山	廣東女子師範學校教員
岳鍾秀	一峯	河北定縣	河北大名第十一中學教員
胡淑貞	純眞	遼寧瀋陽	哈爾濱第二女子中學教員
徐景賢	哲夫	江西臨川	河北省立第二師範教員
梁華炎	質之	廣東新會	留美
張煜昭	耀亭	河北東鹿	河北冀縣第十四中學教員
張懷瑋	鷟汀	山東昌邑	青島市立第一中學教員
陳廷瑄	夢樵	河北大興	天津市立師範學校教員
黃有文	博初	廣東瓊山	廣東省立第十三中學教員
曹鷟	鳴岐	湖南衡山	北平五三公學教員
曾恒俊	崧生	湖南武岡	
隋廷瑜	靈璧	山東諸城	
楊凝郊	如宋	江西永修	
遠紹華	喆笙	河北任邱	附中教員
劉耀西		山東高密	
劉桃嶺	艷三	河南滑縣	河南彰德高級中學教員
鄧荃		湖南衡陽	北平三民月刊社編輯
穆修德	馨齋	河北藁城	河北正定第八師範教員

北京师范大学国文系图史

第十九屆 民國二十年 一九三二年 國文系畢業生 三十九人

姓名	字	性別	籍貫	職務	通訊處
王恩深	仁甫	男	河北霸縣	河北省立大名中學校圖書館主任兼教員	河北省立大名縣中學校
王敦行	敬淵	女	四川巴縣	四川萬縣教育局科員	四川萬縣教育局 宜昌仁壽路公新泰
水靜	韶如	女	江蘇阜寧	天津法國學堂及聖功中學教員	天津法界三十二號路八十七號
朱家聲	景遠	男	武進	湖北省立宜昌中學校教導主任	宜昌舊籬子胡同四十八號 江蘇宜興茶局巷五號
李素	守白	女	河南郾郟		北平舊籬子胡同四十八號
李成棟	楨幹	男	河北磁縣	河北省立冀縣師範教員	河北省立冀縣師範學校
李蘭坡	滋九	男	河北雄縣	本校秘書處畢業生事務部主任兼本校附中教員	北平宣內西鐵匠胡同甲七號
李蔭平	天根	男	黑龍江	本校庶務課課員兼藏書學校教員	北平和內呂祖閣東夾道甲七號 黑龍江泰來塔子城永增祥
吳涵遠	景星	男	河北	河北省立冀縣師範教員	河北磁縣師範學校
吳其作	新齋	男	餘杭	本校國文系助教兼志成中學校教員	浙江餘杭
吳偉	彤齋	男	安徽	江蘇省立通中學校教員	安徽大橋鎮吳家莊
何含光	俠	女	江西南康	河北省立泊鎮師範學校女生訓育委員兼教	江西零都北段三十
易烈剛	大輿	男	江西雩都		
胡玉貞	絜青	女	河北宛平		
孟文德	濟武	男	河北	河北省立正定師範教員	河北省立正定師範學校
徐景璋	玉浦	男	河北寧安	河北省立易縣高級農業職業學校教員	河北省立易縣本校
徐鴻逵	用儀	男	吉林	四川重慶大學講師川東共立師範教員	吉林寧安縣慶祥堂
徐鴻芳	馥亭	女	簡陽	四川省立重慶女子師範教員	重慶重慶大學
凌巍修	仲高	男	四川簡陽	四川省立重慶女子師範學校	四川簡陽西街
徐代樣	曼宜	女	山東臨沂	山東省立臨沂中學校教員	山東省立臨沂中學校
姚士燮	麗卿	男	安徽石埭	留學日本	日本東京本鄉區千駄木町三九近藤方
陳煦	春暄	男	河南郟陽	中央宣傳委員會幹事	南京中央宣傳委員會
靳德俊	極蒼	男	河北南樂	北平志成中學及弘達中學教員	湖南郡陽王府坪陳老府
趙玉潤	德滋	男	山東招遠	留學日本東京帝國大學文學部大學院	日本東京小石川區林町四十三番地山口方
趙達善	煥文	男	河北臨城	河北省立泊鎮師範教務主任	河北南樂縣元村集鳳記鹽店轉千佛村
葉桐	味琴	女	湖北嘉魚		武昌義莊前街素園別墅
楊準	伯直	男	北平		北平西單二條甲一號
閻樹善	樂亭	男	山東榮城	膠濟路四方站鐵路中學教員	膠濟路四方站鐵路中學 山東榮城崖頭集沽泊園家村
鄭淑婉	孟荃	女	寧夏	寧夏省立第一女子師範學校教員	寧夏省立女子師範學校
盧祝生	桂平	男	廣西	廣西桂平縣立國民中學校教員	廣西桂平縣立國民中學校
臧俊年	慍之	男	河北唐縣	北平市立第三中學校專任教員	北平西直門大街四十七號
錢振東	魯庭	男	山東城武	山東省立鄉村建設專科學校附設鄉村師範主任	濟南本校 山東鄒城紅船集
劉同友	任	男	河北	平遠縣立第一中學教務主任兼教員	平遠縣立第一中學 山東遠城景賢一中學
劉煥瑩	益之	男	廣東	河北省立大名女子師範教員	河北省立大名女子師範學校
韓汝羲	安平	男	河北	河北省立大名女子師範學校	汕頭平遠壩頭景賢中學
龍守靜	玉西	女	四川	河北天津南開中學教員	河北安平平遠壩頭景賢中學
羅廸光	渠山	男	四川	四川墊江縣立女子中學校教員	四川墊江縣立女子中學 重慶柴棻卷二十一號
龐貽莊		女	河南鄭州	北平私立春明女子中學校教員	河南鄭州大東嶺後院

見二十三年研究院畢業生

1931年国文系毕业同学暨教员合影

国文系毕业同学讨论时之情形

国文系毕业同学工作时之情形

北京师范大学国文系图史

師大一九三一畢業同學錄序

國立北平師範大學同學錄

惟天覆人地載人物給人然天地與物亦
惟人始能成而其所以能成之者又惟其識識
也者稟乎天而存乎我者也稟而不能自存於
是師道當焉師道既立乃受而不虧因而不敝
推而不匱完而不散故識之用宏而師之道大
即天即地即物即我時益而日增鉅參蒼黃纖
入野馬高窮止象卑著有形盛之輔當代之業
微之創技藝之末知罔不究行靡不達役使庶
品陶鑄萬有諸君所得于師以成其識者得以
還諸天地與物欽念哉毋孤其稟毋昧其識毋
荒其業行見人無不學學無不成學成無不利
于國也　　　二十年八月番禺商承祚

二

姓名　胡玉貞
別號　絜青
籍貫　河北宛平
通訊處　西城宮門口西三條八號

胡玉真

姓名　水靜
別號　淵如
籍貫　江蘇
通訊處　天津法界祥雲里八號

水静

姓名　龍守靜
別號
籍貫　四川墊江
通訊處　重慶柴家巷廿一號

龙守静

姓名　朱家聲
別號　景遠
籍貫　江蘇武進
通訊處　江蘇宜興茶局巷五號

朱家声

姓名　陳煦
別號　春舫
籍貫　湖南邵陽縣
通訊處　湖南邵陽縣王府坪陳老府

陈煦

姓名　徐鴻芳
別號
籍貫　四川
通訊處　四川簡陽西街

徐鸿芳

姓名　劉同友
別號　徐之
籍貫　河北安平
通訊處　安平中苴疃

刘同友

姓名　靳德峻
別號　極蒼
籍貫　河北徐水
通訊處　徐水縣西黑山村

靳德峻

姓　名　臧俊声
別　號　儆之
籍　貫　河北唐縣
通訊處　河北唐縣東市街

臧俊声

姓　名　王日蔚
別　號　守真
籍　貫　河北大名
通訊處　大名西區馬庄村

王日蔚

姓　名　高丕琨
別　號　子樸
籍　貫　遼寧金縣
通訊處　遼寧金縣鐙子窩夾心子

高丕琨

姓　名　易烈剛
別　號　大興
籍　貫　江西贛都
通訊處　江西贛都北段三十號

易烈刚

姓　名　姚士卨
別　號　麗卿
籍　貫　河北南樂縣
通訊處　南樂縣西千佛村

姚士卨

姓　名　趙煥文
別　號　煥文
籍　貫　河北省臨城縣
通訊處　河北臨城縣郝莊鎮

赵焕文

姓　名　孟文德
別　號　濟式
籍　貫　河北省任縣
通訊處　河北省任縣辛店橋轉雙落頭

孟文德

姓　名　王敦行
別　號　敬濯
籍　貫　四川巴縣
通訊處　宜昌仁壽路公新泰

王敦行

姓　名　吳其作
別　號　新齋
籍　貫　河北蠡縣
通訊處　河北蠡縣高各莊鎮

吴其作

姓　名　李素
別　號
籍　貫　河北
通訊處　和平門內聚花街漆樹胡同二號

李素

北京师范大学国文系图史

女子高等師範第一期 國文部畢業生 三十二人
民國十一年 一九二三年

姓名	字	性別	籍貫	職業	通訊處	備註
王世瑛		女	福建閩侯			
孔繁澤	文振	女	山東曲阜	山東省立濟南女子中學教員	濟南省立民眾教育館	
田隆儀		女	江蘇吳縣	監察院職員	南京公園路監察院	
朱學靜		女	江蘇上海			
李秀華	潔雲	女	山東朝城	南京市防空協會職員	南京浦鎮員工子女小學	已故
吳秀華		女	陝西三原			已故
吳湘如		女	江蘇武進			原名桂丹
吳琬	琢鋒	女	江蘇			見第十三屆史地研究科
孫裴君	裴君	女	黑龍江安達	北平輔仁大學女中部教員	北平乾面胡同東石槽甲七號	見第十三屆教育研究科
孫繼緒		女	山東蓬萊	江蘇省立南京女子中學教員	浙江杭縣珊運署	
柳介	子展	女	浙江杭縣	浙江運署職員	杭州司獄弄十一號	
陳定秀		女	江蘇吳縣	上海工部局女子中學教員	上海新嘉坡路工部局女子中學	
陳璧如		女	福建閩侯		南京公園路七十三號陶園	已故
陶玄		女	浙江紹興			
高筱英		女	安徽霍邱			
黃英	盧陸	女	福建閩侯	國立暨南大學講師	上海暨南大學	已故
程俊英		女	廣東嘉興			
梁惠珍		女	浙江洪源		江蘇銅山縣二眼井街卷十門號	
馮淑蘭		女	河南			
萬仲瑛		女	安徽合肥		安徽合肥四象橋劉公祠九號	
張崢瀠		女	河北			
張齡芝		女	吉林	天津三八女子中學教員	天津三八女子中學	
張雪聰		女	江西萍鄉			
湯嬿筠		女	河南			
蔣粹英		女	江蘇常熟	南京教育部編審遺族學校教員	南京遺族學校	
錢用和		女	江蘇江陰	蘇州諶墅關女子蠶業學校訓育主任兼教員	蘇州諶墅關女子蠶業學校	
錢承	韻荷	女	福建閩侯	南京遺族學校校董會秘書兼	南京遺族學校	
劉婉姿		女	福建閩侯	北平春明女子中學教員	北平春明女子中學	
劉雲孫		女	湖北穀城		北平宣外春明女子中學	
蔣粹英		女	江蘇常熟		北平宣內手帕胡同廿五號尹宅	
關應麟		女	遼寧海龍		北平西四北漢沿五五號內一號	
關唯祥		女	遼寧海龍	蘇州諶墅關女子蠶桑學校教員	蘇州諶墅關女子蠶桑學校	
譚其覺	叔荷	女	浙江嘉興		北平東城東續褡褳胡同黃土大院丁一號	
羅靜軒		女	湖北黃安			

女子高等師範第四期 民國十四年 一九二五年 國文學系畢業生 二八

孫垚姑　叔昭　女　貴州貴陽　北平市立師範學校教員　北平西單北闢才胡同高筆里七號　見女師大二期國文系

趙靜園　芸青　女　河北宛平

女子高等師範第五期 民國十五年 一九二六年 國文學系畢業生 二十人

王化民　咏蘇　女　河北清苑　河北省立保定女子師範學校校長　保定城內東街一〇八號　保定城內倉門口女子師範學校

王淑志　女　安徽貴池

王純卿　純卿　女　浙江紹興　浙江金華縣聯立八婺女子中學教員　浙江紹興八十橋倉衙王宅　原名順親

江學珍　女　浙江嘉善　浙江金華縣聯立八婺女子中學　見女師大第二期

呂雲章　女　山東萊東

李桂生　潔華　女　蓬萊　太平

李翠貞　女　湖北黃安　漢口女子職業學校教員　湖北武昌羅殿祖殿巷六號李寓　漢口女子職業學校

胡桂雲　女　安徽涇縣

吳瑛　完白　女　江西廣昌　南昌市環城路進順段仁壽里一號　已故

莊曉珊　女　北平

陸秀珍　晶清　女　雲南昆明

馬雲　女　浙江壽陽　北平石駙馬大街乙八十號

崔玉英　女　山西壽陽　北平報子街六十四號

許廣平　景宋　女　廣東番禺　上海北四川路底施高塔路大陸新邨九號周宅　見女師大第一期國文系

張瑄堃　靜漁　女　河北定縣　河北省立邢台女子師範學校　河北省立邢台女子師範學校校長

黃粹筠　節文　女　浙江杭縣　漢口法界霞飛路九號　杭州王馬巷十七號　平漢鐵路局秘書兼職業教育主任

曾華英　雋中　女　江西吉水　江西省立南昌女子職業學校校長　江西省立南昌女子職業學校

劉孝萱　女　安徽懷寧

樓亦文　以文　女　浙江杭縣　留學法國巴黎政治學校　C/o consulat-de Chine 5 Rue Daniel-Lesueur, Paris (7e) France

聶玉鳳　女　山東臨淄

北京师范大学国文系图史

女子師範大學第一期　[民國十八年　一九二九年]　國文系畢業生　七人

王葆廉　如璧　女　山東　濟陽　山東省立濟南女子師範學校校長　山東省立濟南女子師範學校

毛逸塵　女　江西　吉水　財政部稅務署職員　上海北河南路四五七號

石砳磊　陸石　女　遼寧　開原　本校附中教員兼級任　北平西城報子街六十八號

宋韻冰　修日　女　廣東　新會　本校附中教員　上海中央造幣廠司徒得先生轉

馬雲　女　浙江　嵊縣　杭州市立中學教員　杭州府前街九十二號馬宅

陳家慶　秀元　女　湖南　寧鄉　安徽省立安徽大學講師　安慶省立安徽大學

劉仲鶴　碧湘　女　河北　大興　武昌雲范林路粉彷三號徐宅

女子師範大學第二期　[民國十九年　一九三○年]　國文系畢業生　十人

江學珍　清遠　女　浙江　嘉善　本校附中教員兼級任　浙江嘉興殿灣一百二十號江宅

李文芳　女　江西　臨江　留學英國　廣東國立中山大學文學院長吳敏軒轉

吳憲蘭　練青　女　廣東　瓊山　本校附中教員兼級任　廣東瓊州少稚井巷第一間吳宅

阮法先　女　浙江　紹興　北平關才胡同師大附中女子部

郝陰譚　女　河北　平山　北平東城椿樹胡同三十六號胡宅

陸秀珍　晶清　女　雲南　昆明　留學英國哥倫比亞大學　Miss Lu Ching-Ch'ing 24, Parliament Hill, N.W.3, England.

陳鐸　逸然　女　福建　閩侯　國立　北平關才胡同師大附中女子部

陳華先　希明　女　四川　酉陽　本校附中教員兼級任　四川酉陽城內下街福井壩進七第

趙靜園　芸青　女　河北　宛平　本校附中教員兼級任　北平潘家河沿六十七號　原名靜媛

劉師儀　女　山東　德縣　國立北平研究院職員　北平安內後肩家胡同九號

女师大国文学系最后一届（合校前）全体同学合影

北京师范大学国文系图史

女子師範大學第三期

民國二十年 一九三一年

國文系畢業生 二十五人

李鳴竹　稚圃　女　江蘇崑山　北平宣外老牆根十六號

李秀清　曉晴　女　河北　北平篤志女子中學附屬高小教員　北平宣武門內棗樹胡同二號

李恒惠　蘭君　女　貴州貴陽　上海漢口路立報館轉

金紫英　昭瑛　女　廣東南海　北平宣外山西街一號

金淑英　自珍　女　河南開封

金秉英　炳炳　女　北平

陸欽嬅　育濱　女　江蘇吳縣

馬桂馨　芳吾　女　河北定縣　本校附中教員兼河北省立通縣師範教員　河北定縣城西南合村普德堂

高端蕭　端齋　女　福建順昌　福建順昌怡廬

姚可崑　可崑　女　河北臨榆　上海同濟大學講師　上海同濟大學　山海關城內

張慶秀　韻瑛　女　河北寶坻　河北寶坻縣八門城永和號陳唐莊安仁堂

張香蓀　香蓀　女　湖北襄陽　漢口日租界北小路三號

張秀芬　慧中　女　山東鄆城　山東鄆城王老虎莊王宅轉交

曹珍　壹君　女　安徽懷寧　山東省立惠民中學教員　山東省立惠民中學校

傅琳彬　琳彬　女　福建同安　河北埠城縣後李莊交李振筆轉　遼寧小西門外浩然里傅公館

楊承獻　文徵　女　湖南湘潭　陝西米脂縣扶風寨依仁堂

楊淑馨　寧遠　女　河北　北平市立第二女子中學訓育員　北平市立第二女子中學　北平宣內頭髮胡同十九號

趙榮春　女　遼寧安東　北平志成中學教員　遼寧安東新市街二香通

趙翠芳　松雲　女　山東單縣　山東省立菏澤鄉建師範學校生活指導員　山東省立菏澤鄉建師範學校

鄭淑燊　女　江蘇崇明　北平宣內石聯馬大街內廒縣胡同二號　江蘇崇明啟東縣大同村

劉培峻　曉岩　女　河北深縣　北平私立文治中學教員　北平宣內天仙庵六號

樂永宣　錦春　女　雲南黎縣　北平私立志成中學教員兼訓育副主任　北平西城豐盛胡同志成中學校

戴勵之　女　江蘇鎮江　北平私立志成中學教員　江蘇鎮江城內火鐸樓巷七號

譚任叔　了然　女　湖南慈利　北平私立知行中學教員　北平彰內知行中學　湖南慈利縣象耳橋郵局轉

羅心鄉　思明　女　福建　北平私立知行中學教員　北平宣內手帕胡同丙二十五號張松轉　福建廈門鼓浪嶼工商銀行轉

李鳴竹

字稚詗

江蘇崑山

通訊處：北平宣外老牆根十

六號

李鸣竹

李秀清

字晚晴

河北

通訊處：霙明胡同二號

李秀清

李恒惠

字蘭君

貴州

通訊處：北平西交民巷羊

毛胡同十一號

李恒惠

譚任叔

字了然

湖南慈利

通訊處：湖南慈利縣象耳

橋郵局轉

暫時通訊處：宣外兵馬司中

街四號李宅轉

谭任叔

羅心鄉

福建

通訊處：福建廈門鼓浪歟工

商銀行張松轉

暫時通訊處：北平西單察院

胡同四十七號

罗心乡

戴勵之

江蘇鎮江

通訊處：江蘇鎮江城內火燒橋

巷七號

暫時通訊處：北平交道口東大

街七十九號轉

戴励之

樂永宣

字錦春

雲南

通訊處：北平宣外香爐營

頭條二十九號

乐永宣

劉培峻

字曉岩

河北深縣

通訊處：北平西四羊肉胡

同二十三號

刘培峻

鄭淑嬺

江蘇崇明

通訊處：江蘇崇明啓東縣大同村

暫時通訊處：北平西城石駙大馬

街蘇綫胡同四號

郑淑嬺

趙翠芳

字松雲

山東單縣

通訊處：山東單縣文廟街趙宅

暫時通訊處：宣內油房胡同九

號

赵翠芳

趙　榮　春

遼寧安東

通訊處：遼寧安東新市街
二番通

暫時通訊處：石駙馬大街
五三公學轉

赵荣春

楊　淑　馨

字寧遠

河北

通訊處：宣外西艸廠廿號

杨淑馨

楊　承　獻

字文徵

湖南湘潭

通訊處：陝西米脂縣扶風寨依
仁堂

暫時通訊處：吉林省城向陽胡
同二號

杨承献

傅　琳　彬

字琳彬

福建同安

通訊處：奉天小西門外濃然
里傅公館

暫時通訊處：北平王府井大
街波厚里三號

傅琳彬

曹　　珍

字畫君

安徽懷寧

通訊處：河北阜城縣後李庄
交李振華轉

暫時通訊處：河北河間縣省
立第三中學

曹珍

張　秀　芬

字慧中

山東鄆城

通訊處：山東鄆城王老虎
莊王宅轉交

张秀芬

張　香　荪

湖北襄陽

通訊處：漢口日租界北小
路三七號

暫時通訊處：北平北長街
福祐寺二號

张香荪

張　賡　秀

字韞瑛

河北寶坻

通訊處：河北寶坻縣八門城永
和號轉陳唐莊安仁堂

暫時通訊處：吉林省城內隆安
胡同一號

张赓秀

姚可崑

河北臨楡
通訊處：山海關城內西街
暫時通訊處：北平香爐營二
　　　條三號宋宅轉

姚可崑

高端肅

福建順昌
通訊處：順昌怡盧
暫時通訊處：宣內小沙柴
　　　胡同壽康里
　　　二號

高端肃

馬桂馨

字芳吾
河北定縣
通訊處：河北定縣西南合
　　　村普德堂
暫時通訊處：北平西城後
　　　百戶廟七號

马桂馨

陸欽嬅

字育濱
江蘇吳縣
通訊處：北平東單西裱褙
　　　胡同卅號

陆钦嬅

金秉英

字病病
北平
通訊處：北平北鑼鼓巷琉
　　　璃寺四號
暫時通訊處：平北舊簾子
　　　胡同卅三號

金秉英

金淑英

字自珍
河南開封
通訊處：北平宣外山西
　　　街一號

金淑英

金紫英

字昭瑗
廣東南海
通訊處：北平後門內嵩祝
　　　寺後身鐘鼓寺四
　　　號

金紫英

国立北平师范大学国文系1932班毕业师生合影

国立北平师范大学1932年教育参观团谒中山陵合影

国文系1932班同学欢聚

国文系1932班同学游春

北京师范大学国文系图史

国文系同学埋头读书

学长

国文系1932班"旧"女师大同学，"合校"后成为新的北师大国文系1932班学生。

国四班（国文系1932班，其时大学四年级）会执委会合影

第二十屆（民國二十一年一九三二年）國文學系畢業生四十六人

姓名	字	性別	籍貫	職務	通訊處
卜薫堯		女	江蘇	徐州私立女子中學教導主任	徐州私立女子中學 徐州西北黃集鄉
方國瑜		男	雲南麗江	國立中央大學講師	南京中央大學 雲南麗江北黃集鄉
尹耕琴		女	江蘇蕭縣	徐州私立女子中學事務主任	雲南麗江水文治村 徐州私立第二農場轉
王槐夢	任南	男	河北冀縣		徐州私立女子中學
王日蔚	守珍	男	河北	國立北平研究院歷史組編輯員	河北冀縣宋家莊
江浚明	明誠	女	四川寶陽		北平府右街觀音寺七號
白鍾粉	陰東	男	察哈爾懷來		察哈爾懷來東門外東興順
任肇勛		女	山西太原	北平市私立育華中學教員	北平西城靈境宮八寶坑
任肇賢		女	山西太原		北平西城靈境宮八寶坑
李樹繁		女	吉林伊通		吉林省城東和當後胡同一號
李君素		女	永新湖南		湖南永新城外全昌興轉
李玉梅		女	吉林		吉林省城天壇前胡同
李輻開		女	四川簡陽	四川省立成都大學職員	成都成都大學或成都黃瓦街四十三號
段淑文	子彬	女	河南杞縣	開封任時女子中學教員	河南開封任時女子中學 四川簡陽涂螺河郵局轉
何其寧		女	四川瀘縣		河南開封柴火市三十四號轉
沈卓英	壁輝	女	河北宛平		濟南南關省立濟南女子師範學校 山東招遠辛莊集轉
徐軼	曼華	女	江蘇銅山		河北邢台本校
隋樹森	育楠	男	山東招遠	山東省立濟南女子師範學校教員	鎮江南府巷六號
莊鎮基	維石	男	河北	河北省立邢台女子師範學校教員	河南唐河祁儀鎮
馮讓蘭		女	河南唐河		河北省立正定師範學校
崔耀堃	載之	男	河北行唐	河北省立正定師範學校教務主任兼教員	河北行唐城內志成永轉
黃惟恭	蕭雍	男	安徽歙縣		安徽歙縣嚴寺務巷
高佩蘭		女	陝西米脂		北平宣外大街五十一號
高榮級	廉九	男	河北趙縣	河北省立大名師範學校教員	河北趙縣師範學校
常爵五	列卿	男	山西汾陽	山西教育廳編輯	山西教育廳 太原汾陽城古西門街介賓第宅

北京师范大学国文系图史

任肇勋	任肇贤	成毓芝	李玉梅	李君素	沈卓英
李绍曾	李树范	李韫间	何其宁	段淑文	洪荣昌
马凤鸣	徐轶	皇甫之琼	高佩兰	徐葆珍	桂凝露

学长

梁世英	张安泰	张得善	许问穉	冯让兰	黄惟祛
庄镇基	常爵五	陶学源	崔耀奎	覃树型	隋树森
杨宗震	杨独任	彭光林	赵为楣	巩秀琴	刘翰臣

北京师范大学国文系图史

刘崇曾 刘恩惠

苏云航 欧阳升

王永乐 邹国政

国文学系（民国时全称为"国文学系"，本书多以"国文系"简称）1933班合影

国文系1933班师生合影

国文系学生在自习

第二十一屆（民國二十二年　一九三三年）國文學系畢業生五十七人

業在本校史學系肆

姓名	字	性別	籍貫	通訊處・職務
王樹屏	澤潘	男	河北	山東省立德縣鄉村師範學校教員
王　儀	英超	男	山西	山東省立德縣城中學校教員
王殿荃	宛圃	男	陝西	山東省立諸城中學校教員
王德欽	韓城	男	河北　洪洞	山東省立洪洞薄村
王富美	高陽	女	河北	北平私立貝滿女子中學校教員
王光華	定縣　武昌	女	河北	北平市黨部街市立二女中
王誌之		男	河北　四川	北平四城圓子營四號
任維焜	訪秋	男	河南　眉山	南京白下路緯瑞里十二號
成毓芝	芳亭	男	河南	河南省立洛陽師範學校教員
朱朔豪	濟審	男	河南	陝西省立榆林本處
朱　潔	熱河	女	河北	天津省立師範學校教員
杜春仁	心源	男	浙江　留學日本	
杜淑珍	五伯	女	山西　太谷	山西太谷銘賢中學校
杜葆春	久陵	女	山西　遼寧	山西省立銘賢中學校教員
杜貫綾	隸樹	女	吉林	北平市立第二女子中學校教員
余憲琳	佩宜	女	浙江　杭縣	北平市大文學院
佟鍾溫	雅三	男	河北　安平	河北省立女子師範學校調育員兼教員
李紹曾	石倉	男	湖南　常德	湖南省立長沙中學校
李崑源	咄深	男	山東	北平市立第二女子中學校長
李孝勤	赤梅	男	山東	河北易縣立鄉村師範學校教員
李香橙	懷來	女	河北　遠鄉	察哈爾省立宣化第二女子中學堂育員兼教
李淑雲	濟陽	女	河北	定縣老柵後箭亭衙一號
李彤恩	子錫	男	山西　遠寧	太原海陽六甲村教職堂
李廷濤	裪盈	男	山東　海城	太原成成中學校
周德嶽	佩五	男	河北　饒陽	河北省立醴陵師範學校教員
周秉璋		男	河北　饒陽	河北省立醴陵師範學校
紀國瑄	國宣	男	河北	察哈爾省立宣化師範學校教務主任兼教員
陳　海	海波	男	江蘇　嘉定	平綏路青龍橋乐字中學校教務主任
陳熙修		女	江蘇　龍江	南京國府路網巾市十八號之一
高永昌	諧庵	男	河北　沙河	平綏路青龍橋乐字中學校教務主任
胡勤室		女	山東　館陶	山東臨清六縣聯立鄉村師範教練所所員
郝冠英		女	山東	北平嚴村師範
馬潤民	佩如	女	山東　祁城	山東省立長沙中學校師範部教員
張安泰		男	山東　祁城	河南省立開封師範學校
陳國鈞	仲平	男	河南	河南省立焦作中學校
陳桂馨	月樵	男	河北　井陘	平綏省立專科學校師範部教員
陳哲文	子英	女	山東　濟南	濟南省立宜化中學校教員
梁復昌	遠亭	男	河南　井陘	河北省立趙縣中學校教員
孫宗達	仲達	男	河北	河北省立趙縣師範學校教員
孫舜琴	章南	女	山東　宜昌	唐山私立華嚴學校教員
郗國政	光前	男	山西　山西	北平宜外官立第一高等小學
許瑛心	泠君	女	江西	北平交通南路范谷禮二十七號
許安本	固生	男	江西　餘武	河南省立焦作中學校校長
浦熙修		女	江蘇	河南省立焦作中學校教員
榮景豐	蕴昌	男	河北　霸縣	河北省立定縣初級中學校教員
賈振輝	景昌	女	河北　榆林	江蘇省立徐州女子師範學校教員
馮　震	寶暉	女	河北　吉林	天津地名門七女子師範習所
喬殿重	托克托	女	綏遠	綏遠省立歸綏中學
鄭　瑛	紹興	女	浙江	天津英界牆幅四馬長屯
鄭樞輝	清君	女	浙江	河北饒陽縣四馬長屯
鄭榮久	懷安	女	察哈爾	正大路微水站站役兼團
頓寶書	伯如	男	河北　癥硯	北平燕京大學圖書館購員張兆國哈佛大學
劉楷賢	永清	男	河北	北平燕京大學遠園
劉瑞馨	蘭坡	女	山東	濟南市立第十六小學校長
燕又芬	子宜	女	河北　博平	北平志成中學教員
閻祥麟		男	新疆　懷安	蔡哈爾保定德安街
謝天惠		女	河北　新化	保定北關培德城內西觀寺衙
羅家珍	席儒	女	廣東　新會	河北省立大名女子師範學校教員

李廷涛

冯震

王树屏

佟钟温

孙舜琴

马润民

杜葆春

李香橙

贾振辉

郑瑛

刘瑞馨

余憙琳

乔殿重

郑枢强

王誌之

郝冠英

李淑云

胡勤宝

燕又芬　陈哲文　刘楷贤　许瑛心　陈桂馨　阎祥麟

杜春仁　朱洁　李孝勤　杜贵缓　纪国宜　李彤恩

陈海　朱朔豪　高永昌　陈国钧　浦熙修　周德岳

顿宝书

王德钦

杜淑真

罗家珍

谢六惠

王仪

王殿荃

荣景丰

王富美

任维焜

孙宗达

周秉章

国文系毕业师生合影

国文系学生在阅览室中

孜孜勤读中之国文系学生

左側：北京師範大學國文系圖史　第二十二屆

第二十二屆（民國二十三年　一九三四年）國文系畢業生（五十四人）

姓名	字	性別	籍貫	職務	通訊處
牛繼昌	文青	男	河南	河南省立安陽高級中學教員	河南省立安陽高級中學
王漱石	昌平	男	河南汝南	河南省立洛陽初級中學教員	河北西城四牛錄司小門三號
王蘭馨		女	廣東番昌	山東省立泰安中學教員	河南省立洛陽初級中學
王澄宇	荷清	女	河南	河南省立洛陽中學教員	山東省立泰安中學一二三號
王正己	見行	男	山東	北平市政府教育察專員公署編察員	河南省立青島大夫莊
王樸	實音	男	黃縣	北平市私立中華中學教員	山東省立泰安初級中學公署
王相敏	開潘	男	陝河北	北平市私立中華中學教員	山東曹縣四四鄉吉組德傅
王玉珂	嶷峰	男	安平	河南省立汕頭私立藝學校教員	經遠藝範校
王玉岐		女	廣東	瓊東私立女子師範學校教員	河北安城縣內義順屋
王家楠		女	香河北	廣東省立欽州師範學校教員	北平市四四六合大院十號
石之瑛		女	江西	廣東省立欽州師範學校	河北省河縣劉朱鎮北谷屯石宅
朱發英		女	贛縣	北平市立第二女子中學教員	青島太平路六十九號
朱俊英		女	容城	河北省立易縣師範學校長	江蘇海鹽城內九曲巷一號
白玉榮	俊波	女	沛縣	北平私立光華女子中學教員	青島太平路六十九號
宋雯芳		男	河北	河北國安縣立師範學校長	阜內白塔寺火神廟甲五號
李增堵	烈五	男	安邱	河北定縣女子師範學校教員	江蘇漣縣博愛路
李靜棠		女		河北立縣女子師範學校教員	河北北平城外劉周代綿邸政
李國軒	國軒	男	阜平	博野縣私立四存中學教員	河南北北平宣武門外劉朱莊
汪泮	開源	男	固安	河北國安縣立師範學校長	河北北城縣北張村
周孝真		男	清苑	河北清苑... 教育	河北北平宣武門外壇營三號
吳靖山	承倫	女	大興	在奧考察教育	河北國安縣立師範學校四號
劉寶珍		女	臨汾	察哈爾省立宣化師範學校教員	陝西省立西安師範學校
薛培曦	光輔	男	察哈爾鹿	察哈爾省立宣化中學教員	西愛立初省立富化中學校
吳秀豪	秀升	男	江蘇淮陰	河南廣東勸業大學附屬中學教員	天津省立勝宣石家莊村
吳毓俊		男	霸縣文昌	廣東省立南寧女子中學教員	察哈爾省長生路北四里一卷五號
胡英	近仁	男	邢台	河北北縣政府第四科科長	河南鄭縣民生路北東門屬中學
林肇岱	青才	女	新城	河北省立保定師範學校教員	保定省立保定師範學校
馬識途		男		河北省立保定師範學校教員	保定省立保定師範學校
高月華		女		河北國安縣政府第四科	廣西南寧民生街北四里
桑雪隱	理哉	男		陝西省立西安初級中學訓育主任	陝西省立西安初級中學
侯明德		男	華陰	陝西省立西安初級中學訓育主任	山西臨汾省立師範
金書琴		女	宛平	河北北縣立縣政府第四科科長	山西陽汾平原縣大公使館轉
郭淑敏		女	深縣	北平市立第四中學教員	由山西縣南北門小東門屬小弟西街五號
曹叔穎		女	無錫縣	浙江浦江縣立中學教員	北平宣外青雲營二十七號
戚維翰	墨綠	男	浦江	杭州市立中學教員	河北蠡縣城橫白宋莊興仁堂
程金造	起為	男	山東曹州	山東省立濟南初中青主任兼教員	北平市立第四中學
程國鈺	二如	男	貴州	北平私立鏡湖中學教員	北平市立第四中學
陳淑		女	荷澤	本校附中教員	山西黎城靈漬宮甲二十六號
孫崇瓊	謂宣	男	河北	北平市立第四中學青主任兼教員	北平桃園胡同八十四號程國勛轉
崔淑權	範庭	女	清苑	國立清華大學研究院研究生	北平市內國內沙編胡同一一號
崔憲義		女	安陽	河北北平私立鏡湖初中育主任兼教員	北平西城內柳泉胡同十五號
張淑明		女	貴州	綏遠省立師範學校教員兼主任秘書	北平西城武定侯胡同八號
張潞常		女	綏遠	綏遠豐鎮縣師範學校教員	山東濱澤縣城
張得善	恬然	男		綏遠省立師範學校教員兼主任秘書	綏遠清真寺西潯高師研究院
雲秀桐		女	托克托	蒙古文化促進會幹事	綏遠豐鎮縣師範學校
趙振鑣		女	北平	河北昌黎縣立中學教育	綏遠小召三道巷十六號
董景榮		女	武清	北平通縣女子師範學校教員	北平東府馬家大街縣教育科轉
趙毓鑣	經武	男	河北	北平昌黎縣女子師範學校教員	北平鄉門馬家大街縣教育科轉
郁碧		女	江西新淦	河北通縣女子師範學校教員	趙縣鄉胡大教職員宿舍
葉仲寅	子膳	女	湖南郴陽	本校國青系助教	河北南昌狀元楊湖巷別墅七號
滕蕭		女	河北大城		江西南昌狀元楊湖巷別墅七號
劉光藻	鏡人	男	河北蠡縣	河北蠡縣薊河中學教員	河北天津河北公園民緯路八十四號

（備註：已故；原名國士）

| 王正己 | 王朴 | 王玉珂 | 王澄宇 | 王相敏 | 王家楠 |

| 吴秀豪 | 吴靖山 | 李增堵 | 周孝贞 | 吴毓俊 | 林举岱 |

| 胡英 | 马识图 | 金书琴 | 桑雪隐 | 范庆功 | 高月华 |

学长

宋雯芳

汪澎

朱俊英

李国士

李玉岐

李静蕖

牛继昌

王兰馨

王漱石

白玉荣

石之瑛

朱发英

（１）

國 文 學 系 班 史

在一個美麗的秋天裏，我們開始了一種和以往不同的學校生活，這生活一直延續到了今年暑假；當我們全班同學在文學院大禮堂悵然的依依的告了別離的時候才算結束。不過當時我們仍然決定：形式上雖然告了別離，然而這精神却要延長到永久；分離以後，大家仍要本着「互助」「合作」的精神向前。

在這不很短促的一段期間裏，我們受到無量數師長的薰陶，在教師熱心的指導下，我們努力的研究和解決各種學問上的問題，的確感到無上的求學的快樂。這滑過的痕跡，保留下來對於我們或許是有意義的吧。以下便是這一段生活的簡略叙述了。

那種所謂和以往不同的學校生活，便是男女兩師大合併之初了。以往三十餘人的國文學系從這以後，人數增加了一倍。教室是改觀了，教師是集兩校各師於一堂，至少在求學上我們獲益的機會是較前多一倍。加以同學加多，人材濟濟，真是研究學問的好時機。

不幸的這時候正是九一八發生的以後，不好的消息時時傳來，雖然沒有直接影响到我們的上課，然而一次一次的總是痛切的感到不安。最受影响的是：我們班雖然成立了許多學術研究的團體，爲着這種原因却是一樣也沒有成績。

年假開學是在「一二八」以後，經了自南方親臨其境的教師歸來報告，我們知道中國想着自救，只有像「一二八」事件那樣大家合力奮鬪。因而我們更感到學問經驗的充實，體格的鍛鍊，是十分切迫的，非如此不能表示，我們所謂民眾的力量。所以自那時起學

（２）

間研究的團體日漸增多，圖書館裏，閱報室中總會時時碰到國文學系的同學在那裏注意研究他們認爲應該研究的問題。同時並用種種方法以施行體格的鍛鍊。暑假來臨了，我們就在這醒悟的有興趣的研究中結束了二年級。

三年級開始了，仍舊如前的努力我們的學業，不過研究更較緊張了。大家都向着學問的路上走去，同時更關心着生活離不開的社會。時時都在努力着，以期將來不負師長之望。但國事時時都會警惕着我們，在寒假將放的時候，楡關失守了，使得我們不能安心向學，現在想起猶覺痛心！我們求學的時光被剝奪了，我們的失地，更何時收回?!

接着便是失去熱河的流年，我們始終堅持着以往的信念，相信要想救國，必先充實了自己的學識和經驗。所以在這學期裏，我們一方面研究學問，留心着問題；一方面却在課餘做捐欵慰勞戰士的工作。最後記得是在敵人飛機的嗡嗡聲中結束了這一學年。

四年級開始之後，這時不但學問的研究更漸緊張，同時感到畢業是又近了一步，於是在研究無止境的學問之外，己經有一個實際的大問題懸在當前，那便是畢業後的生活問題了。"我們的職業在那裏呢"？在這問題之下，個個都是更加努力自己的前程，學問不要說是更有着突飛的進展，這的確是好現象，也是我們服務社會的前夜應該忠實準備的吧。

這樣過了前學期，寒假後認真的做完參觀實習的階段。當我們全班同學在嚴肅華美的禮堂中，歡樂中帶着懷切的開完了話別會的時候，這所謂一九三四級國文學系便算結束了。

　　時光是這樣的匆匆，不知不覺幾年的光陰便消磨完了，回想過去，我們算空耗了寶貴的光陰，虛受了師長的教誨，我們的成就是什麼？真之漸愧萬分！但過去的經驗昭示我們，徒慚愧是沒用的。並且這所謂畢業的，不過指大學這一個階段而言，此外研究學問的日子正多着。何況按世界各國教育趨勢來看，專門學識的研究，往往在出了大學以後；我們却何嘗不可這樣做？

　　回憶過去師長們講解指示我們的問題，都是再好沒有的園地，都是我們工作的對像，由我們去墾闢吧。單是教師們所指示的，已儘夠我們去拼種了。如現在正費討論的大衆語問題，劭西師不是曾指示我們非從根本的工具——文字——改革不為功嗎？當我們瞭解了這意義；認清了這目標以後我們是該怎樣隨在師長後面努力呵！疑古師因感到了這繁重的文字改革問題不是短時期可能成功的，在上文字學的時候，不是曾昭示我們：一方面要努力於文字改革，一方面要施行簡字，以做方塊字渡到拼音文字的橋樑嗎？師長的指示還在我們的耳中勤蕩，還在我們的腦際盤旋，我們是要依了這路線前進的。在學問的路上正不知有多少問題待我們解決：像中等國文教材的勘定；愛好文學者，對於文學理論的確定，創造方向的辨認等等，都須要我們與以正當的解決。此外還有許多許多的園地待我們去墾荒呢。這些，附誌於此，也就做我們最後相勗的話吧。

北师大国文系1934班"班史"

国文系1935年全体师生合影

(1)

國 文 系 一九三五 級 史 略

才愧馬遷，忝執史筆，學殊班固，位竊蘭臺。夫史亦難言矣：曰正史，曰編年，曰別，曰雜，曰紀事本末，吾班之史果奚取焉？況吾無騶直之辭，難盡紆迴之妙；爰述梗概，聊誌鴻爪耳，匪敢言史也。

廿年秋，余舟離灉水，馬渡榆關，孑然一身，負笈燕市，與諸君子濟濟一堂，接席聯鑣；時兩校——男女師大——初併，百廢待興；未幾，東變猝發，校長又因故去職，國有陸沈之禍，校無馬首之瞻。古詩云：「邱壑正多亡國恨，干戈消盡讀書心」，誠有慨乎其言之者！

是年冬，因教費拮据，教授多罷教；堅冰在鬚，室無星火，而高閬仙先生，獨於朔風凜冽中，來校授杜詩，吾班同學聽講者，座爲之滿。猶憶夫，某日授至茅屋爲秋風所破歌，感時興嘆，悲不自勝，相對唏噓者久之！就經雪夜之情，可歌亦可泣也！

廿一年冬，倭寇壞榆關。三中全會通過停辦師範大學，後李校長晉京陳述意見，始免於難。斯亦學校之劫運也！

翌年春，倭寇復陷熱河，迫灤東，春峰喋血，古北鏖兵，平津危如纍卵！背城借一，達官走避；吾同學亦多分道揚鑣，如賦易水之別？「干戈興，學校廢」固事理之常也。厥後城下訂盟，殘棋略定，而吾儕戎馬餘生之士，又得重敦經史矣。

總茲四年中，校難頻仍，國仇益烈，經傳絳帳，神馳疆場，其未罹亡國之痛者幾希！

吾班同學，六十有奇，男什之七，女佔其三。雜東西之精萃，集南北之奇英，洪鈞大冶，溶於一爐。惜乎，授受不親，繩於禮教，男女之別，有如鴻溝，論者病之。迨至今春，應事實之需要，鑒時機之已熟，三五同學，有班會之發起，當卽組織執行委員會；並於三月廿二日茶話聯歡，五月廿五日聚餐話別。

夕陽西下，人上高樓，濁酒一杯，離愁萬種！杯盤狼藉之餘，頓起明日山岳之感矣！

(2)

雖然人生固浮沉者也，聚可喜而離不足悲。況吾儕萬里長風，兩肩重任，尤應以拓落之胸襟，堅決之毅力，放大眼光，沈着邁進，正不必戚戚作兒女態也。諸君子其勉旃！

民國二十四年七月十日侯庚督謹識

Who's Who of the Graduates of the
Sept of Wester Literature, 1935

Who is Black - Ball?...............Mr. C. H. Chang
Who is the Poet?...............Mr. Y. S. Sang
Who is the Philosopher?...............Mr. C. F. Wang
Who is the Politician?...............Mr. F. H. Wu
Who is the Soloist?...............Miss. Y H. Wu
Who is the Editor?...............Miss. N. H. Shao
Who is the Orator?...............Mr. K. S. Wang
Who is the Hardy?...............Mr. C. H. Tsung
Who is the Tallest?...............Mr. C. Wang
Who is the Shotest?...............Mr. T. S. Teng
Who is the Aldest?...............Mr. T. L. Tung
Who is the Youngest?...............Mr. C. W. Li
Who is the Best Player?...............Mr. F. C. Tiao
Who is the Book - Worm?...............Miss S. Y. Wang
Who is the Bobleler?...............Mr. S. L. Chow
Who is the Silent Thinke?...............Miss. C. Y. Wu
Who is the Sister?...............Miss. Y. C. Yi
Who is the Neother?...............Miss. Y. C. Wang
Who is the Bride?...............Miss. S. L. Chu
Who is the Bridegroom?...............Mr. L. S. Pien
Who is the Venus Statue?...............Miss. K. F. Chai
Who is the Naughty Coed?...............Miss. Y. L. Li
Who is the Social Stor?...............Miss. W. C. Lin
Who is the Movie Star?...............Miss. C. M. Ch'en
Who is the Writer of this Who's Who?...............Mr. C. H. Chang

（一九三五班英文系名人傳——張振先）

在研究室中课外工作的国文系学生

国文系学生阅览室中之课外作业

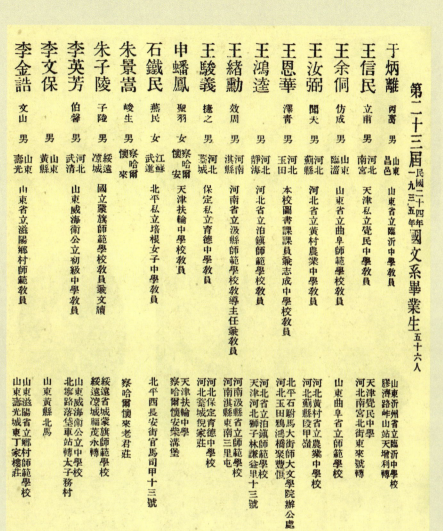

第二十三届 國文系畢業生 五十六人　民國二十四年 一九三五年

姓名	字	性別	籍貫	職務
于炳離	丙窩	男	山東昌邑	山東省立臨沂中學教員
王信民	立甫	男	河北南宮	天津私立覺民中學教員
王余侗	仿成	男	山東臨淄	山東省立曲阜師範學校教員
王汝弼	聞天	男	河北薊縣	河北省立黃村農業中學教員
王恩華	澤青	男	河北玉田	本校圖書課課員兼志成中學校教員
王鴻達	効周	男	河北靜海	河北省立泊鎮師範學校教員
王緒勳	捷之	男	河南淇縣	河南省立汲縣師範學校教導主任兼教員
王駿義	聖如	男	河北蠡城	保定私立育德中學教員
申蟠鳳	燕民	女	河北	天津扶輪中學校教員
石鐵民	峻生	女	江蘇武進	北平私立培根女子中學教員
朱景嵩	子陵	男	察哈爾懷來	國立蒙旗師範學校教員兼文牘
朱子陵	伯馨	男	綏遠涼城	山東威海衛公立初級中學教員
李英芳		男	河北武清	山東威海衛公立初級中學教員
李文保	文山	男	山東黃縣	山東省立滋陽鄉村師範教員
李金誥		男	山東壽光	

通訊處

山東沂州府立臨沂中學校
膠濟路岭山站天增利轉
天津覺民中學
河北南宮北街東來號轉
山東曲阜省立師範學校
河北黃村省立農業中學校
河北薊縣段甲嶺
北平石駙馬大街師大文學院辦公處
河北玉田鴉鴻橋聚豐恆
河北省立泊鎮師範學校
河南汲縣省立師範學校
河南淇縣東南三里屯
天津河北獅子林謙益甲十三號
河北保定育德中學校
河北扶輪中學
察哈爾懷安柴溝堡
北平西長安街官馬司甲十三號
察哈爾懷來老君莊
綏遠涼城福茂永轉
綏遠城蒙旗師範學校
山東威海衛公立中學校
北寧路落堡車站轉太子務村
山東黃縣北馬
山東滋陽省立鄉村師範學校
山東壽光城東丁家樓莊

于炳离　　王余侗　　王汝弼

王恩华　　王绪勋　　王信民

王鸿达　　王骏义　　申蟠凤

北京师范大学国文系图史

朱景嵩

朱子陵

石铁民

李文保

李英芳

李凤仪

李景贤

李金诰

李时奇

李棠庵

邢庆春

吴应先

周静学

周怀求

周启美

胡文淑

孟淑范

徐智超

侯庭督

袁有为

徐世荣

孙汝林

孙佩兰

高去疾

张存恕

张金兰

高崇信

张学纲

郭启卜

郭绳武

陈秀江

陈殿贤

陶继安

傅铭第

傅以平

曹澎宪

| 杨树芳 | 杨毅 | 杨殿珣 | 董九峄 | 裴子坤 |

| 刘振兴 | 蔡宗淮 | 刘书泽 | 刘淑彬 | 刘逸尘 |

| 刘振声 | 翦象骏 | 边国俊 | 蓝淑恩 | 魏安之 |

抗日战争期间，北师大师生从西安辗转迁至汉中城固。图为北师大师生步行转徙途中所摄。徒步255千米，用时半个月，每日风餐露宿，备尝艰辛。

左图：当年师大师生走过的石灰岩隧道，摄于1940年；右图上：1938年城固的"通勤车"，是当时人们"进城"的交通工具；右图下：城固文庙，摄于清代。

1940届部分学生在陕西省城固的汉江上游泳课

今日张骞墓 "西北师院" 时期，师大学生曾在此实习。

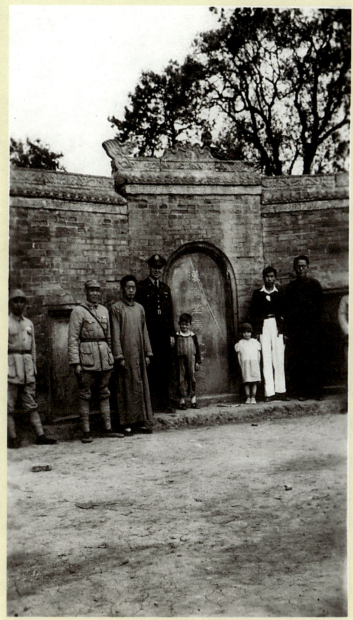

张骞墓实习

国立北平师范大学教育学院二十八年毕业同学师生合影纪念

1939年毕业同学师生合影

西北师范学院国文系学生1939年毕业合影

國文系民廿八班班史

劉述先作

故都城西南角，石駙馬大街石宮在焉。民廿四年秋，有夫子卅二人被選入宮；其中女居四一，男居四三，高矮不等，醜俊各异。入校後頗恥「夫子」一名，因于「古懂」之外，兼鑽研「球經」，其志非他，僅在「踢腿球場」洗雪「積恥」而已。果然，有志竟成：次年秋，校内舉行班級籃球賽，一舉而獲冠軍，自後「夫子」之名不復存。

入校伊始，即有班會組織，同學間感情極稱融洽，日以求知習球爲務，並設史官詳注大事及起居，預計畢業時付梓，人手一編。不意好事多魔，七七事变起矣！廿二夫子隨芦溝炮火而風流雲散！

是年冬十月，學校復成立于西安，前後到本班同學十有一人，長安雖好，未若石宮；茂陵雖古，難遜故都，翹首燕雲，撫膺增嘆！

廿七年春，晋省战事告急，敵機肆虐長安，校方率師生八百餘人，徒步越秦嶺而至城固。巴山南峙，漢水東流，吾輩處此山水之間，朝夕研討，共勉時艱，忽已又一年矣。

36

除畢業分袟之際，佳□□□難□□舉，筆難盡述，用申惠難之情而已。

本系名錄

夾之本系名錄，事蹟繁多，查用申惠難……遠之事蹟……離今……光就往……時……籍述就往之……四載……聊誌數語……

姓名	別號	性別	年齡	籍貫	永久通訊處
陳亮德	明遠	男	廿六	河南内黃	河南内黃楚旺鎮李大汪庄村
王祿賢	永仲	男	廿七	四川酆都	四川酆都教育科轉永興場高小校
彭孫成	恩省	男	廿九	河南羅澤	湖北廣水東三里城轉鐵舖交
陳長	言三	男	廿五	山東荷澤	山東荷澤清平街
劉全	亭	男	廿三	山東濮縣	山東鄆城西南紅船集北孫莊
艾後	蔚迪	女	廿八	安徽懷遠	安徽懷遠南門外保安巷九號
耿儀	光	男	廿七	陝西鳳翔	陝西鳳翔城内行市巷三十號
楊先	紹光	男	廿七	遼寧西豐	遼寧西豐木台樹咀子
蔡毅	住繼	男	廿七	吉林伊通	吉林伊通縣蓮花街
華	澄	男	廿七	河北藁城	河北藁城土當村
樸	病	男	廿七	甘肅臨洮	甘肅臨洮
鋒	之去	男	廿六	河南密縣	河南密縣西大街本宅

37

顾士陶	頡颙農	敏之	男	五五	湖北随縣	湖北随縣南關曉園
學援	均	之	男	廿三	河南羅山	河南信陽東潘新店汪家畈
汪陶	加		男	廿三	山東濟南	
趙	熙		男	廿八	安徽鳳陽	
宋榮			男	卅二	甘肅甘谷	甘肅甘谷西街

【附】 小傳

陳亮　君字明遠，孫北人也，性剛直，任俠尚義，遇不平，輒挺身以赴，直達理伸義彰而後已；以故同學咸敬其勇直……，欽其不畏強禦也。七七事变，顧体晚魁偉，談笑風生，而屈体消瘦，事業心挺烈過人，建國大業，頗具雄圖。佗謂時勢造英雄，明遠足以當之。　王永恩作

彭長賢　烏有先生曰：長賢先生，姓彭氏，賦性剛愎，而心底慈愛，里要之口里婁怒，大讓之曰：年幼時，喜與人辯，每于廣眾中折明哲保身云云，自是不敢多言撕爛你的嘴，時先生雖幼，而頗通，贊研文字及今忽又有回難者有年，乙亥秋，第師範大學試，今壯且胖，卒年尚难預卜曰云。

孫全罘　魯人，体格雄偉，放誕不羈，小有才智而學弗勤，中途轉入

影合生師體全學 同業畢年九十二學大範師平北立國

1940年全校师生合影（摄于陕西城固文庙）

1941年全校师生合影（摄于陕西城固文庙前）

黎锦熙先生1941年为师大同学录题词

錄學同業畢
國文系

姓名	別號	性別	年齡	籍貫	永久通訊處
張芷		女	二四	遼寧海城	遼寧海城區發稟修身堂交
馬秦璧	雍仲	男	二八	甘肅民勤	甘肅民勤縣教育科轉
王秉珽	玉峯	男	三十	山東商河	山東商河王木匠莊
劉維崇	雪濤	男	三一	河北蠡縣	河北蠡縣北新莊
張志範	北辰	男	二八	陝西乾縣	陝西乾縣宋家巷十八號轉
齊振鵬	公遠	男	三四	河北元氏	河北元氏縣安莊村交
何維		男	二九	山東臨沂	山東臨沂城內三府巷
袁秉兼		男	二五	河北通縣	河北通縣永樂店同興裕

國文專修科

姓名	別號	性別	年齡	籍貫	永久通訊處
賀家藝		男	二三	陝西洛潤	陝西洛潤芝芳皋
趙三餘	漢傑	男	二七	陝西綏德	陝西綏德四十里鋪趙家溝
呂金銘	儀三	男	二七	山東滕縣	山東滕縣城東北樓躍
劉鍾智		男	二三	河北滄縣	河北滄縣小南門外
趙蔭章	樹棠	男	二四	山東館陶	山東館陶城東北苿莊
張寬	公庭	男	二二	山東臨淄	山東臨淄城東南近古村
劉里儒	宗孔	男	二四	河北沙河	河北省沙河縣北掌村
薛懷義		男	二五	陝西蔑屋	陝西蔑屋焦家窪蘇厚處
周景照	中牟	男	二四	陝西乾縣	陝西乾縣南街十三號
尚滌非	毅生	男	二六	河北平鄉	河北平鄉馬魯村

兰州黄河铁桥 德国泰来洋行承建,建于清光绪三十三年(1907年)。桥长233.33米,宽7.5米,为黄河干流上第一座公路桥,有"天下黄河第一桥"之称。

兰州之水车 兰州居民灌溉田亩赖以黄河沿岸之水车，此种水车直径均为七十五尺，每车可装水斗七十三只。

兰州城鸟瞰（摄于20世纪20年代） 第一，学校不能在城内，一是减少日军空袭的危险，二是避免繁华市井扰乱学生的学习；第二，离城太远或太近都不好，距离兰州十至二十里为最佳，清华、燕大校园即为范本；第三，交通必须便利，最低限度要通汽车和人力车；第四，必须见到黄河，一则为风景，一则为水源。如此细密的考量，当然与北师大三十余年校史的深厚积淀有关，尤其是经历了经费拮据"为各高校冠"，乃至断炊断火，以及家国失陷、流离失所的惨痛经历，才会选中兰州十里店作为永久校址。

刘奠璋　郑国瑞　潘逊皋　张文熊　张恕　张炳义

杨铭　线鹤汀　王宗舜　吴蕙英　夏雨新　赵毅馨

刘秉谦　薛恩波　杨詠雯　杨正春　蔡之固　刘遒皋

国文系1948级师生合影

金玉贞 国文系

贞淑娴静，聪明温柔，残留
的现实并未在她如水的心境上
起过涟漪，安适的游泳在她的
小天地里。

——宝——

葛世泰 国文系

你的心灵的光辉与智慧的丰
富，使世间的嘲讽，谈园，同
情，获到会心的微笑。
使紧张怒放的空气，
一言化做恬淡调协的氛氛。

——玉永——

史宝琴 国文系

聪明人正多的时候她却是个
典型的傻子人争做超人的时
节她仍是一张平常人的脸像她
能给你的是赤裸裸的人性。

——幼忱——

左英汉 国文系

像一块百炼的纯钢——
火候到了：
脸上是澄澄而深邃的至情，
胸中调和着人间的五味。
但，宇宙给他"冷"，
他给宇宙"热"，
他愿烘一逗個。

——幼忱——

安步青 国文系

飘逸身段托出英俊的面孔，
喜欢沉思，像哲人娜娜。充溢
着热情，时篇激逞爱与惜。给
人初春旭日的温暖。夏夜星星
的闪烁品莹。

——塘虹——

刘崇彬 国文系

我是在乡村中成长起来的孩
子，我愿永远保持温和朴素的
性格，和乡村里的人们密切地
接合在一起，呼吸着大地泥土
的气息。

——自述——

金蓉如 国文系

飘逸的白云是她的风采，
润奥的洪流是她的深沉；
缜密的思维澄澈着爱惜；
耿耿的赤诚温暖着友人；
迅柔里湛透着坚强，
缄默中奔腾着挺进。

——波也——

刘可兴 国文系

眼眼好风骨，俊俊巾帼稀，
惟有云间月，可与比光辉，
颖慧恨恨促，敢写义声唱，
搞翰抒像见，高论胸襟充，
东鲁刘波也，卓尔群伦望。

——孙岩——

胡太和 国文系

傻瓜的脸像，呈出拳模，马
马虎虎地处理着身边的一切，
他也会谦虚对人。
却将一颗虔诚的心呈奉给了
基督。

——近沛——

何思清 国文系

豪迈率真，像渔人的网——
招罗了无数友人，
坚毅冷静，像胃和助胃——
贯通了一切学问，
明辨是非，面对现实，
他永远走着正确的路子。

——金蓉如——

楊學禹 國文系

君稟天籟性而巧於思宏議論
每出譬語四座無不傾佩非恥力
於學而才氣橫溢談諧似東方朔
謹嚴如韓文公共治學方法更令
人頂禮。

——何裕——

王焱 國文系

君燕趙之士也，爲人高奇，
志氣宏放，神色笑貌，酷肖公
瑾當年，工詩賦，才氣過人，
文多縱橫氣，以同道者成以
"才子"稱焉。

——常風——

曲文慧 國文系

敦實是媧光榮的稟賦，
誠摯是她從來的風度；
溫文屑雅，沉靜恬淑，
談笑像卓約的素琴，
浴染着適度的嚴穆。
是一雙幽蕭的鷹污！
矮沐着巢宇的塵污。

——波也——

顧正 國文系

君貌肅心和，待人至誠，性
幽默，嗜讀書，舌無定型，能
操多種方言，筋骨靈活，善狀
他人動作，貌乃謹滑稽，飽
學虛心之尖頭鰻也。

——楊儀撰——

劉景新 國文系

摯誠雍容大度。對工作有充
分的熱力，對朋友是忠貞渾厚
的大哥，在事業崗位上永遠爲
文化努力着。

——蕭堤敬獻——

蘇立信 國文系

君琴島世家，幼克岐嶷，早
觀卓犖，遊學金臺枕經葄史，
常擊節以丈夫必立功於時，毋
負昂藏，雖誚言引狹，而竺行
槃可欽也。

——李奉試——

梁靖堂 國文系

梁君靖堂隴涇人也，曾任"復
校委員"因有"梁委員"之號焉。
善詼諧，能言談，謚合兩句秦
腔，課餘飯後，識者多喜與槃
遊，可謂得人有方矣。

——傲試——

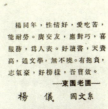

楊同年，性情好，愛吃苦，
能耐勞。廣交友，應對巧，喜
服務，爲人表。好讀書，天資
高，追文學，無不曉。有抱負，
志氣高，好榜樣，吾曹效。

——東國老圃——

楊儀 國文系

沉默是多好的語言啊；
了解者可以相互含笑；
沉默的山巒與山巒，
沉默的紙虎與紙虎。
語言在了解者不必要，
而對不了解者又如此多餘。

——南應——

盧幼忱 國文系

史兄家覆廬，性篤實，盧時
遭國難，脫身遊學瀘北，逾十
數年，貧未能廢其志也，勝利
後犯險來平，旋屆畢業，行見
其德學日富矣。

——性蘇——

史國顯 國文系

北京师范大学国文系图史

君業紹箕裘，處世有管鮑風，過人厚澤，作事能通權達變。馳驅操場，田徑並佳，引吭高歌響徹九霄，廣交遊同學多樂與友善。

—扶漢—

孫景溪 國文系

莊君向梓，籍隸永登，處世愷群，交友懇誠，作息有節，求學有恆，專攻國故，博覽群經，方晉方言，國語國晉，臨摹師後，精益求精，中國語言，力求一統。

—靖堂—

莊向梓 國文系

在你回憶中，可曾聽見他宏論豪語過？四年來，他在冷僻的地方，發掘著智慧的寶庫。他不在你面前說漂亮話，卻暗暗地幫助你。

—曉邨—

王　珍 國文系

"沉毅"作學問，"摯誠"見友人，"安祥"掩飾了"憤枢"，"致衞"配合著"深邃"。"困難"當著他只有"屈膝"；"憂傷"在證兒都化爲"笑妻"，難矣哉——完善之人。

—王水—

劉據堯 國文系

你愛說，也愛笑，你喜歡活潑，然而你更喜歡莊嚴。你有流俐的口材。更有聰穎的頭腦。你真好，"小謎子"！

章士連 國文系

太任性，但仍能把握住極大的忍耐，任性，是童心的延續，忍耐，是緊要關頭時犧牲決心的爆炸力。希望你以興趣和勇氣去擔當一切爲人民的文藝工作。

—祝寬—

謝光瑾 國文系

君生崑崙山麓，去年下來是開天第一次見東海，見海胸更寬，性柔：長藝術，裸大心懷，交友，翩翩委，人見人愛，劉神仙說："可望九五"。

—何思淸—

王嘉祥 國文系

老馮，如何不知到那裡，單急急忙忙的走，又有什麼意思呢？于是你彷徨躑躅遊蕩著，想在黑暗裡發現顆星，森林裡發現條路，人海裡尋找顆心。

—胡太和—

馮晟乾 國文系

讓我給你介紹這紅遍全校的安老板，好交友，喜闖前"洪澤洞"是他的拿手戲，看！他笑呀咪的，又想唱嗎？我的朋友，願你永遠快樂！

—韵—

安毓永 國文系

一個天真熱情而著急的青年，眼睛裡越燒著智慧的火燄。新鮮動人的故事和道理當令人嚮往。

火氣不小，是缺點也正是可貴的優點吧。

—今—

共林昌 國文系

退柔中有堅強，
沉默中有毅力，
誠實中更坦白，
莊嚴中有和氣，
嫻靜中有活潑，
言談中多雋語，
——由這些構成了你的個性多棒，贊美你！

倪淑蘭　國文系

十數姊妹中是唯一一個能讀書識字的人

不思耐的脾氣，只有阿媽還喜歡。

四媽姓，同學戲喊"根子"自以"侯歸"解嘲。

侯美祿　國文系

君長七尺餘，雄奇嘆觀止；高骨絕群倫，才思亦如此。少小治詩書，囊括經與史。俯仰不布親，潔身安亂世，倬哉青雲士，隨有常公子。

——扶漢——

常振中　國文系

當你看到他這像貌以後，一定會曉得他是個頑固的，不知道隨着潮流前進的人，就由這微微一點，我們可以預卜他的前途不會光明吧！

——彬——

陳蔚　國文系

熱情，有血性。暴力欺凌從不接受。人若以誠相持，便能把心掏出來給他看。作為一個文藝工作者正是本色。

——蕭堰——

祝寬　國文系

技術第一創造第一，民主並興教育至上

用國音字母題

一九四八級畢業同學錄

黎錦熙

黎锦熙为1948级毕业同学录题词

图为周总理与杨尚奎、水静夫妇。水静为女师大国文系1931届校友。

图后排左三为水静，前排左七为邓颖超。这是中国共产党第八届中央委员会第七次全体会议期间的合影，也是我党的领导"夫人"们非常罕见的合影。

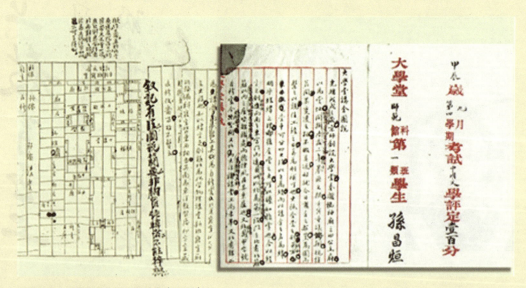

师范馆学生孙昌烜的中国文学试卷（1904）

畢業生近況統計

類		別	人數	百分比
服	在學校者	大學校長……………（3） 大學院長……………（4） 大學及專門學校教授…（136） 專科以上學校職員……（96） 中等學校校長…………（183） 中等學校教職員………（1389） 小學校長及教員………（77） 幼稚園主任及教員……（2） （1890）		
	在教育機關行政者	教育部職員……………（9） 教育廳職員……………（82） 市教育局職員…………（11） 縣教育科科長及職員…（16） 民衆教育館館長及職員（20） 民衆體育場場長及職員（2） （140）	2349	70.6
	在政治機關者	國民政府……………（3） 行政院………………（59） 立法院………………（3） 司法院………………（6） 考試院………………（3） 監察院………………（5） 省政府………………（61） 市政府………………（14） 縣政府………………（12） 縣長…………………（16） （182）		
	在軍事機關者	（34）		
務	在黨機關務者	中央黨部……………（13） 省黨部………………（4） 縣黨部………………（1） （18）		
	其他	（85）		
留學及升學			100	3.05
賦閑			605	18.18
已故			273	8.21
未詳			946	
總計			4273	100

最近五年畢業同學近況

類別 系別	服務	留學	升學	賦閑	已故	未詳	總計
教育系	81	5		8		19	113
體育系	67	1				2	70
國文系	156	2	2	14	3	35	212
外國語文系	121	8		16		49	194
歷史系	119	14	1	5	1	19	159
數學系	52	1		1	2	5	61
物理系	27	1		2			30
化學系	41		1		1	2	45
生物學系	53		1	2		2	58
地理系	40			5		2	47
史地系	2					1	3
社會學系	3	1				.	4
總計	762	33	5	53	7	136	996
百分比	88.6	3.84	0.58	6.16	0.81		100

附註：1.研究院畢業同學未計入。
2.賦閑欄內有養病者6人。

民國二十六年四月製

建校三十五年，北师大毕业生履行承诺者在毕业生中占70%以上，尚未包括273名已故校友及973名"失联"者。而1937年统计的"近五年"毕业生中，在教育系统服务者多达88.6%。可见北师大毕业生对近代中国师范教育之贡献。

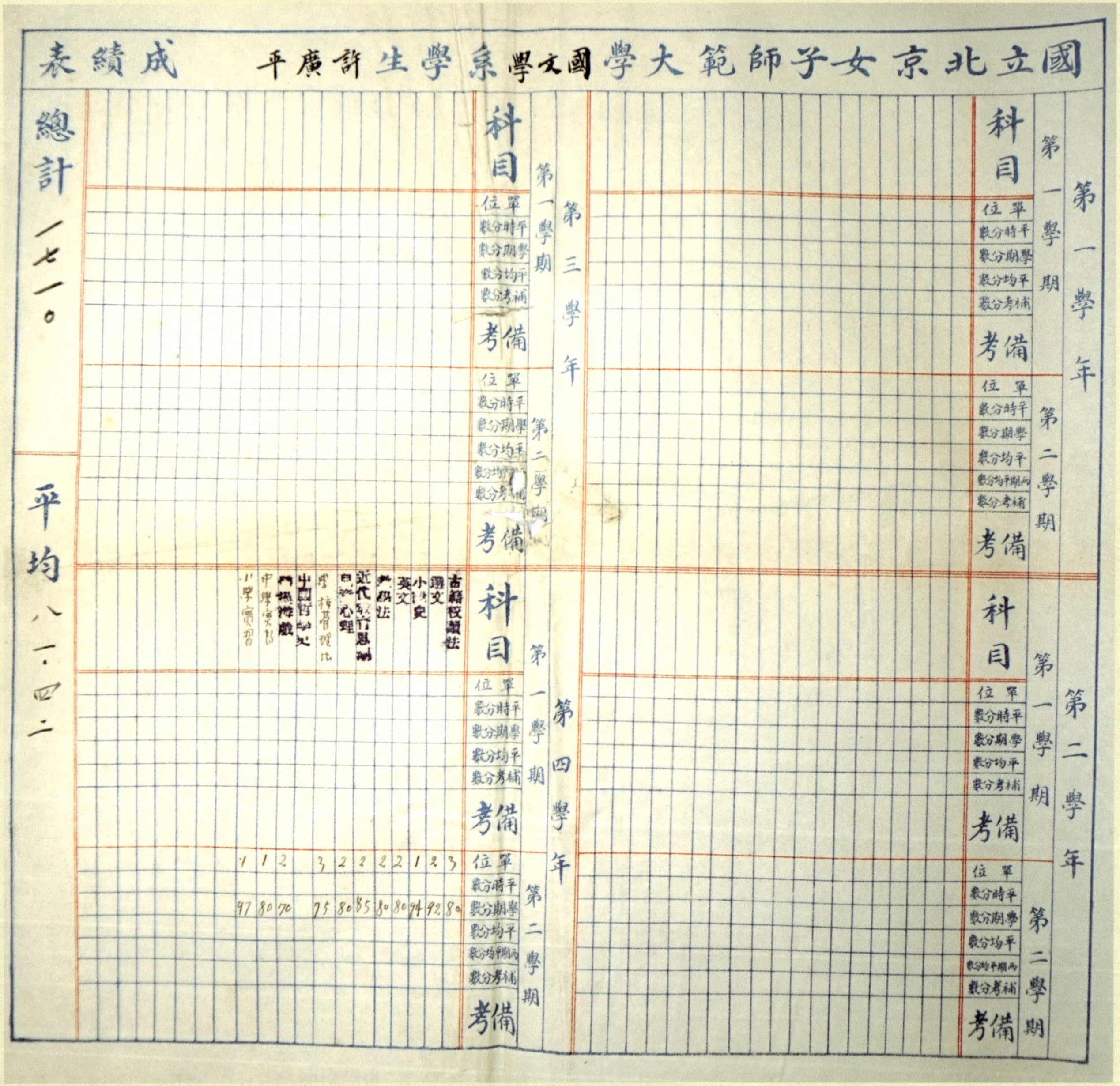

北京师范大学国文系图史

國立北京女子師範大學國文系學生許廣平　成績表

科目
第一學年　第一學期
第二學期
第二學年　第一學期
第二學期
第三學年　第一學期
第二學期
第四學年　第一學期
第二學期

總計　一七一〇
平均　八一·四二

科目											
位次	1	1	2		3	2	2		2	1	2	3
平時學分	97	80	70		75	80	85		80	80	74	92	80

图为20世纪20年代许广平在女高师国文系时的成绩单

学长

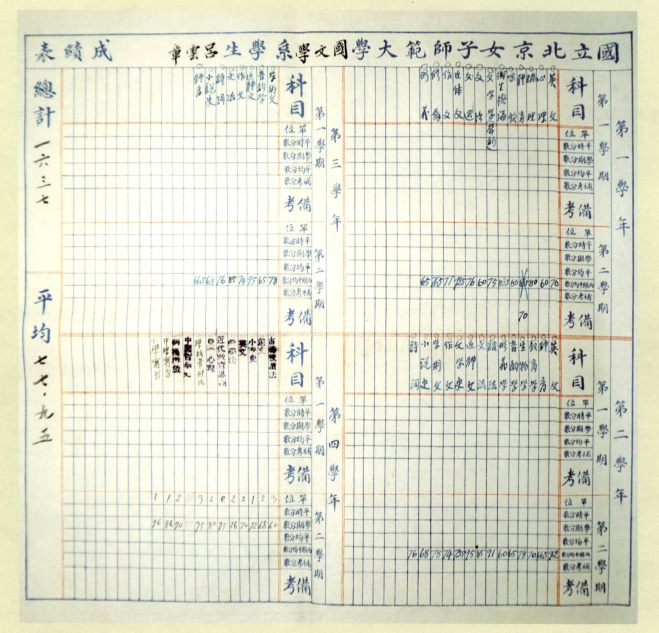

国立北京女子师范大学国文学系学生吕云章　成绩表

吕云章的成绩单

北京师范大学国文系图史

學生學業成績表

學生 孫全興 ✓

第貳學年

科目	第一學期 學分	成績	學分與成績相乘數	第二學期 學分	成績	學分與成績相乘數	全年總平均

第叁學年

科目	第一學期 學分	成績	學分與成績相乘數	第二學期 學分	成績	學分與成績相乘數	全年總平均
清代思想匯要	2	86.0	172.0	2	68.0	136.0	
墨子概論	2	74.0	148.0	2	84.0	168.0	
數學選	2	82.0	164.0				
教育測驗與統計	2	81.3	162.6	2	75.0	150.0	
文字形部沿革	2	75.0	150.0	2	83.0	166.0	
二十世紀之中國文學	2	76.7	153.4	2	69.0	138.0	
諸子哲學（墨子）	2	80.0	160.0	2	82.0	164.0	
唐宋詩選				2	85.0	170.0	
辭賦選		75.0					
歐洲文藝思潮	2	77.0	154.0	2	74.0	148.0	
軍事訓練（學科）（術科）	3	88.0	264.0	3	84.0	252.0	
體育		無修		1	75.0	75.0	
應用文	2	90.0	180.0	2	80.0	160.0	
文學研				2	76.3	152.6	
漢門六朝詩品				2	85.0	170.0	
總計	21		1704.0 / 1704.6	26		2049.6	
平均		81.1			78.8		
應扣分數							
實得							
全年總平均			80.0				

第肆學年

科目	第一學期 學分	成績	學分與成績相乘數	第二學期 學分	成績	學分與成績相乘數	全年總平均
中等教育	1	62	62	2	72	144	
國文教學法研究	2			2	78	156	
中國史學專題	3	80	240	3	85	255	
諸子專家（墨子）	3	62	186	3	82	246	
政治學概論							
小品文研究	2	85	170	2	78	156	
歷史方法論	2	78	156	2	84	168	
考古學通論	2	80	160	2	75	150	
軍事訓練（術科）軍事訓練（學科）	3	77	231	3	86	258	
精神	1	82.5	82.5	1	66	66	
實義	1	71.7	71.7	1	70	70	
實習				8	65	520	
總計	18		1359.2	29		2189	
平均		75.5			75.5		
應扣分數		1.0			1		
實得		745			745		
年全年總平均			745				

學業成績總數 ／ 學業總平均成績

月	因		年 月	因		附記
月			年 月			

孙全兴的成绩单

學 生 學 業 成 績 表

學生 劉鳳儀

學長

科目	二學期		全年總平均	科目	第 貳 學 年						全年總平均	科目	第 叁 學 年						全年總平均	科目	第 肆 學 年						全年總平均
					第一學期			第二學期					第一學期			第二學期					第一學期			第二學期			
	成績	學分與成績相乘數			學分	成績	學分與成績相乘數	學分	成績	學分與成績相乘數			學分	成績	學分與成績相乘數	學分	成績	學分與成績相乘數			學分	成績	學分與成績相乘數	學分	成績	學分與成績相乘數	
				清代思潮概要	2	68.0	136.0	2	88.0	176.0		中等教育	1	64	64	2	68	136									
				訓詁概論	2	78.0	156.0	2	85.0	170.0		國文教學法及課程研究	2			2	70	140									
				教學法	2	90.5	181					中國文學史	3	85	255	3	90	270									
				教育測驗與統計	2	61.0	122.0	2	85.0	170.0		說文研究(鳳子)	3	86	258	3	85	255									
				文字形聲沿革	2	85.0	170.0	2	83.3	166.6		唐宋詩課	2	90	180												
				修辭學								經學史畧	2														
				民族文學								辭賦研究	2	78	156	2	76	152									
				二十世紀之中國文學史	2	78.0	156	2	78.0	156.0		小品文研究	2	90	180	2	84	168									
				歐洲文藝思潮	2	72.7	145.4	2	76.0	152.0		應用文	2	81.3	162.6												
				軍事訓練(術科)(學科)								體育	1	78	78	1	85	85									
				體育	1	85	85.0	1	60.0	60.0		黨義	1	71.3	71.3	1	75	75									
				應用文				2	80.0	160.0		實習				8	76	608									
				三百篇選				2	80.0	160.0																	
				唐宋詩選				2	85.0	170.0																	
				漢魏六朝詩選				2	85.0	170.0																	
				詞史及詞選				2	87.0	174.0																	
					15		1151.4	23		1884.6			17		1404.9	26		1889									
總計				總計	9		699.4			81.9		總計	17		1404.9	26		1889									
平均				平均			77.7			76.8		平均			82.6			78.7									
應扣分數				應扣分數						1.0		應扣分數			3.0			2									
實得				實得			758					實得			79.6			76.7									
全年總平均				全年總平均			78.9					年全總平均			78.2												
學業成績總數				學業總平均成績																							

年 月 因	年 月 因	附 記
年 月	年 月	

刘凤仪的成绩单

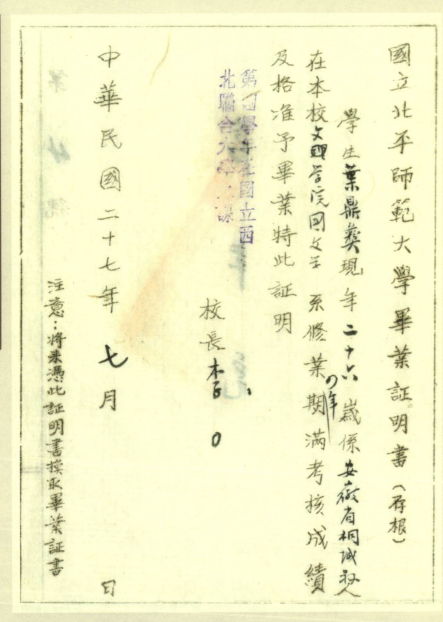

1938年北师大毕业证明　此证明的所有者，正是后来成为北师大中文系教授的叶丁易先生。

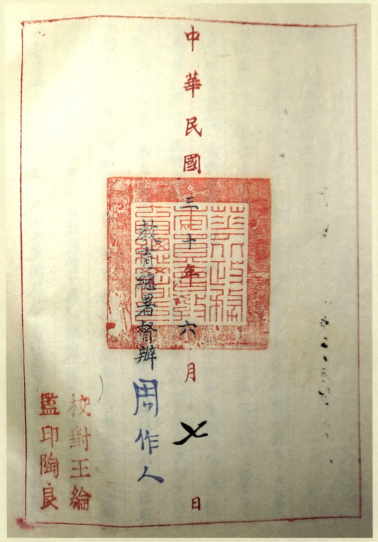

日伪时期，周作人任日伪"教育部"督办时签发给日伪北京师范大学的教育部令。

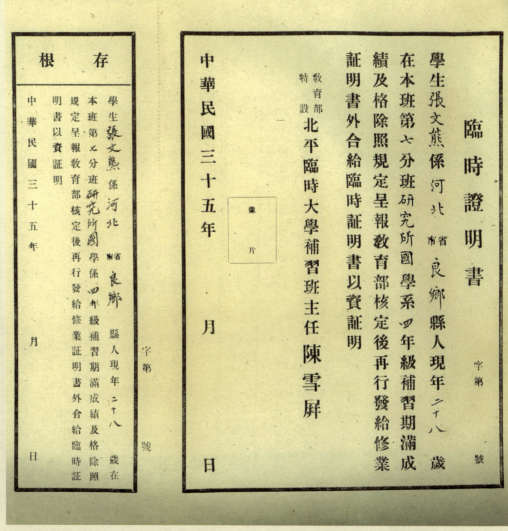

1946年北平临时大学第七分班研究所国学系学业证明　所谓"第七分班"便是由日伪时期的北师大师生组成的。

北京师范大学国文系图史

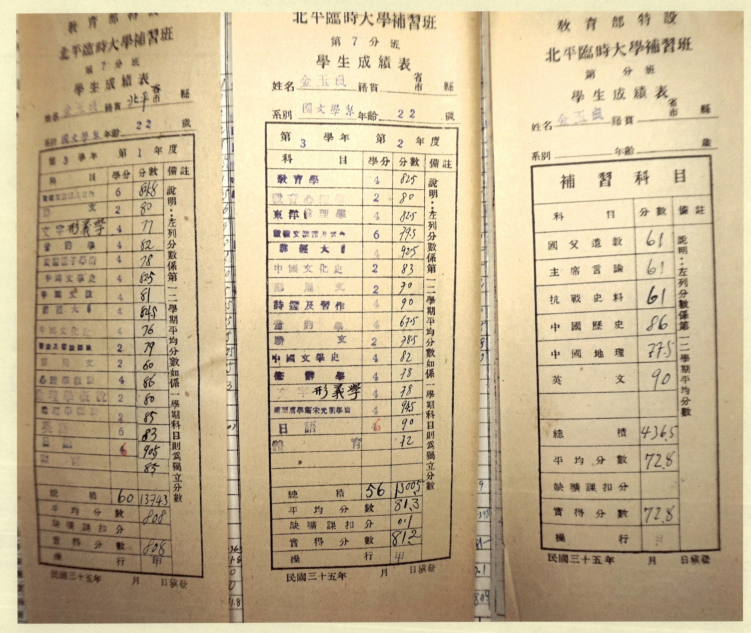

北平临时大学第七分班国文系学生的成绩单

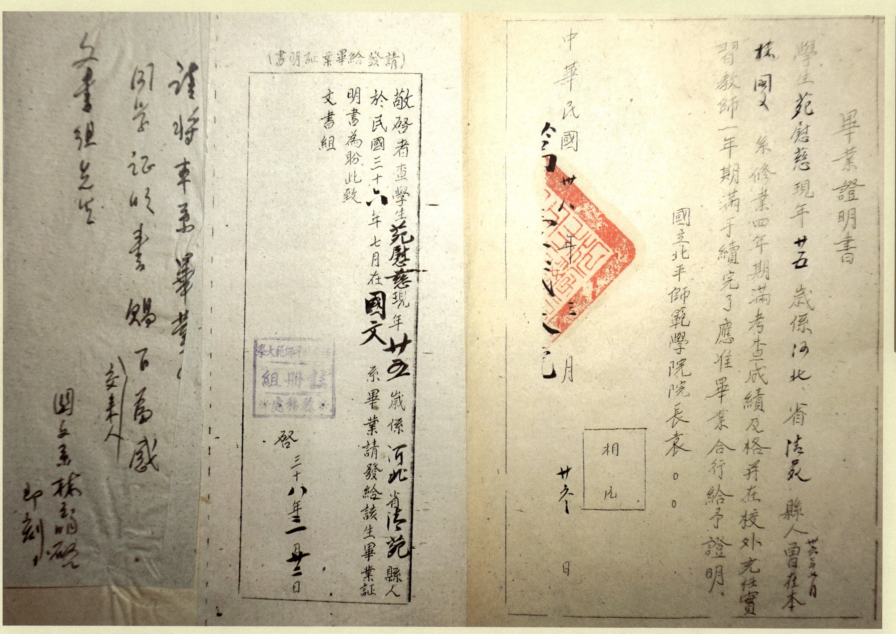

毕业证明书

学生苑慰慈现年廿五岁系河北省清苑县人曾在本校国文系修业四年期满考查成绩及格并在校外充任实习教师一年期满手续完了应准毕业合行给予证明。

国立北平师范学院院长袁〇〇

中华民国卅八年三月廿六日

（请發給畢業証明書）

敬啓者查學生苑慰慈現年廿五歲係河北省清苑縣人於民國三十六年七月在國文系畢業請發給該生畢業証明書為盼此致

文書組

啓三十八年二月十三日

文書組組長先生

謹將車弔畢業同學証明書賜予蓋戳

國立北平師範大學

文書組

相片

1949年的北师大国文系苑慰慈毕业证明

周予同（1898—1981），初名周毓懋，学名周蘧，又一学名周豫桐，浙江瑞安人。著名经学家、史学家，北高师国文部1920届校友。五四运动时期，周予同作为北高师的学生代表之一，参与了"火烧赵家楼"的学生运动。毕业后曾任商务印书馆编辑，后在安徽大学、暨南大学、复旦大学等高校任教多年。右上图是叶圣陶（中）与贺昌群（左）、周予同（右）在绍兴的乌篷船中（摄于1928年）。

徐名鸿（1897—1934），字羽仪，广东丰顺人，北高师国文部1919届校友。曾为国家代表，赴菲律宾参加远东运动会。毕业后，在北师大附中任教并兼北师大国文系助教。1926年作为第四军军官参加北伐，后参加"八一"南昌起义，任蔡廷锴的十九路军政治部主任，1934年被国民党政府杀害。

远静沧（1901—1938），原名远绍华，字哲生，河北任丘人，北师大国文系1930届校友，中共党员。毕业后，他先后在北师大附中、山东青州师范学校任教，并积极从事党的地下工作。抗日战争爆发后，远静沧等党的战士在泰安地区组织抗日，于1938年牺牲。左图为远静沧头像；中图为远静沧在泰安西部的工作照；右图为远静沧的墓碑。

杜心源（1907—1985），本名杜春仁，山西五台人，北师大国文系1933届校友。毕业后先任教于太原成成中学，抗日战争时期曾组织抗日游击队，后赴延安，长期从事革命教育工作。新中国成立后，曾任四川省委宣传部长、省委书记。

左上图、右上图为北师大国文系1929届校友、台湾作家张我军。下图中前排坐者居中的是张我军。他的夫人则是女师大国文系1931届校友罗心乡。

陆晶清（1907—1993），原名陆秀珍，云南昆明人，北京女师大国文系1930届校友。左图为在师大读书时的陆晶清。右图为陆晶清与其先生著名诗人王礼锡的合影。中图为老年时期的陆晶清。

北师大女附中，是今天北师大附属实验中学的前身。1963年，该校从教30年以上的教师有一张合影，后排站立者多为校领导和特来参加庆祝活动的党的领导，有女附中前校长、周扬夫人苏灵扬（左四），有师大老教授林砺儒（右四），有北师大国文部校友、彭德怀夫人浦安修（右二），浦安修的二姐浦熙修也是北师大国文系的校友。后排右一则是郭沫若的夫人于立群；后排居中站立者则是周总理的夫人邓颖超。前排坐者——从教三十年的教师们才是庆祝活动的主角，这也体现了新中国对教师的尊重。前排左三，便是北平女师大国文系1930届校友赵静园。

张岱年（1909—2004），河北献县人，著名哲学家、国学大师，北师大国文系1933届校友，著名学者、革命者张申府的弟弟。左图为青年张岱年。右图为晚年张岱年夫妇。张岱年的妻子冯让兰是冯友兰之妹，北师大国文系1932届校友。

公木（1910—1998），原名张松如，河北辛集人，学者、诗人、革命家，《中国人民解放军军歌》（《八路军进行曲》）、《英雄赞歌》的词作者。他曾在1928年考入北师大国文系，期间，因为多次参加爱国救亡学生运动被捕，不得不于1933年离校；1937年回师大复学，旋又因北平沦陷而离开学校，奔赴延安。公木先生在中华人民共和国成立后长期任教于吉林大学中文系，直到去世。

畢業證明書

學生王振華係　省北平縣人

現年二十四歲在本校文學院

國文系修業期滿成績及格准予

畢業此證

國立北平師範大學校長李　蒸

中華民國二十六年六月　日

北京师范大学国文系历届毕业生名录

北京高等师范学校第四届毕业生名录（1917年）

国文专修科

姓名	别号	性别	籍贯
包玉麟	无外	男	浙江吴兴
李时	凌斗	男	河北乐亭
李厚琪	祖清	男	浙江镇海
李培栋	敏材	男	云南禄丰
何其达	午亭	男	甘肃靖远
周监	金声	男	浙江浦江
尚诒	子谋	男	河北涿县
胡鹭	羽高	男	贵州三合
祖吴春	靖亚	男	浙江海盐
高健	乾三	男	陕西户县
袁楚乔	树森	男	湖南石门
张英华	蕴中	男	吉林扶余
章寅	晓初	男	湖北黄陂
许本裕	惇士	男	安徽歙县
寇士昌	锡臣	男	云南剑川
张宜兴	叔范	男	浙江海盐
陈勉恕	如心	男	广东南海
张维	亚威	男	上海青浦
傅贵云	仲霖	男	吉林扶余
杨宪成	柏林	男	安徽泗县
解福荫	竹生	男	云南鹤庆
凤邦暄	熙甫	男	安徽泾县
凤宝田	子箴	男	安徽泾县

续表

姓名	别号	性别	籍贯
裴正端	士亭	男	甘肃临洮
汉汝泽	润生	男	甘肃金昌
庆汝廉	松泉	男	云南昆明
刘维炳	华南	男	河北阜平
刘连麓	蓬乙	男	河北沧县
刘启智	宴秋	男	广东平远
钱涛	德华	男	浙江嵊县
卢宗藩	伯屏	男	河北涿县
钟道统	寄斑	男	浙江浦江
戴曾锡	允孙	男	安徽合肥
庞渐荣	子进	男	广西兴业

北京高等师范学校第六届毕业生名录（1919年）

国文部

姓名	别号	性别	籍贯
王庭芝	九茎	男	河北定县
尹宗镇	景安	男	河北饶阳
王九龄	寿平	男	河南商丘
朱蕴中	振愚	男	广西桂平
但功伟	伯英	男	四川合川
林鸿材	栋如	男	广东新会
徐名鸿	名鸿	男	广东丰顺
马瑞图	辑五	男	河南汲县
高晴斋	希颐	男	河南虞城

续表

姓名	别号	性别	籍贯
梅贻瑞	仲符	男	河北天津
黄昌肃	子元	男	江西星子
张国焘	建侯	男	河南汉川
陈文华	斐然	男	河北安次
张金丰	玉尘	男	河北大名
张贤栋	材甫	男	安徽桐城
张百溪	次山	男	山东郯城
郭乃岑	桐轩	男	河北高邑
陈宗孝	可轩	男	云南丽江
齐鸿照	朗斋	男	山东定陶
蒋起龙	伯潜	男	浙江富阳
邓卓明	克禹	男	湖北京山
刘昂	次轩	男	山东东平
蔡志澄	亚清	男	安徽合肥

续表

姓名	别号	性别	籍贯
孙光策	悢工	男	湖南宝庆
张云	石峤	男	江西贵溪
陈宝树	荫佛	男	河北天津
郭清和	协中	男	河北邢台
曾兆新	希恒	男	福建闽侯
董璠	鲁庵	男	河北宛平
杨嵩山	次青	男	辽宁沈阳
寿家骏	子逸	男	浙江诸暨
刘节之	礼庵	男	河北沁县
刘汝蒲	仲昌	男	山东沂水
刘书春	新东	男	河南新阳
关杰	超万	男	河南开封
庞秀山	松坡	男	辽宁凌源
苏师颖	遂如	男	福建莆田

北京高等师范学校第七届毕业生名录（1920年）

国文部

姓名	别号	性别	籍贯
米登岳	峻生	男	陕西蒲城
安汝常	叙生	男	河北大兴
吴彬	完斋	男	河南商丘
李鸣谦	六吉	男	河南新乡
祁志厚	定远	男	绥远萨拉齐
周蘧	予同	男	浙江瑞安
邵正祥	明轩	男	贵州贵阳
周祜	迟明	男	浙江诸暨
武茂绪	子松	男	河北永年

北京高等师范学校第十届及教育研究科毕业生名录（1922年）

国文部

姓名	别号	性别	籍贯
王纯人	仲友	男	湖北黄冈
王鉴武	景镐	男	河北大名
王德俭	子约	男	山东诸城
王道昌	显周	男	四川雅安
王树之	树之	男	吉林宁安
向心葵	丹忱	男	湖北夏口
李开泰	子平	男	河北高阳
杜绳曾	筱斋	男	河南杞县
邱祖铭	辛伯	男	浙江德清

续表　　　　　　　　　　　　　　　　　续表

姓名	别号	性别	籍贯
邸凤书	麟书	男	辽宁辽阳
柳文藩	树勋	男	山西朔县
唐世芳	效实	男	四川犍为
孙树棠	荫南	男	河北深泽
高克明	葆光	男	辽宁辽阳
张昆玉	仲源	男	山西洪洞
许抃	天忱	男	安徽歙县
黄遵駒	骏如	男	浙江浦江
张之林	翰卿	男	河北遵化
张俊杰	汉三	男	河北玉田
郭宝钧	子衡	男	河南南阳
喻弗尘	涤六	男	辽宁沈阳
冯成麟	书春	男	河北遵化
赵民乐	建平	男	河南荥阳
寿昀	普暄	男	河北大兴
翟鸣九	霞霄	男	河北雄县
樊树芬	晓云	男	湖北当阳
樊福增	伯黎	男	河南汲县
钟蔚升	霞城	男	江西瑞金
栾洪文	继周	男	吉林德惠

北京女子高等师范学校第一期国文部毕业生名录（1922年）

姓名	别号	性别	籍贯
王世瑛	庄孙	女	福建闽侯
孔繁铎	文振	女	山东曲阜

姓名	别号	性别	籍贯
田隆仪		女	江苏吴县
朱学静		女	江苏上海
李秀华		女	山东朝城
吴湘如		女	陕西三原
吴琬		女	江苏武进
孙桂丹	裴君	女	黑龙江安达
孙继绪	志业	女	山东蓬莱
柳介	子展	女	浙江杭县
陈定秀		女	江苏吴县
陈璧如	遵和	女	福建闽侯
陶玄		女	浙江绍兴
高筱兰		女	安徽霍丘
黄英	庐隐	女	福建闽侯
程俊英		女	福建闽侯
梁惠珍	静仪	女	广东高要
冯淑兰	德馥	女	河南济源
万仲瑛	润芳	女	安徽合肥
张峥漪		女	河北霸县
张龄芝		女	吉林吉林
张雪聪	芳田	女	江西萍乡
汤妖筠		女	河南商丘
蒋粹英		女	江苏江阴
钱用和	韵荷	女	江苏常熟
钱承	仰峰	女	福建闽侯
刘婉姿	澹宜	女	福建闽侯

姓名	别号	性别	籍贯
刘云孙	岫裔	女	湖北谷城
关应麟		女	辽宁海龙
关睢祥	征麟	女	辽宁海龙
谭其觉		女	浙江嘉兴
罗静轩	叔举	女	湖北黄安
沈性仁	景芳	女	浙江嘉兴
陶斌	孟晋	女	江浙绍兴
柳起	病巳	女	浙江杭县
石循则	健韬	女	湖北黄梅
杨文一	紫香	女	吉林吉林
马静婉		女	黑龙江绥芬河
丁世英	彦三	女	安徽萧县
朱寿萱	萌北	女	江苏吴县
蔡秉慧	敏才	女	江苏扬州
舒之锐	素芳	女	湖南长沙

北京师范大学第十二届及教育研究科毕业生名录（1924年）
国文系

姓名	别号	性别	籍贯
于承宗	绳武	男	辽宁盖县
朱桂耀	瑶圃	男	浙江义乌
何呈锜	仲兰	男	四川金昌
宋文翰	伯韩	男	浙江金华

姓名	别号	性别	籍贯
汪震	伯烈	男	江苏武进
李宏毅	逸生	男	河南息县
李燮治	式相	男	湖南宝庆
吴育	竹仙	男	福建诏安
林岩	品石	男	浙江乐清
姜师肱	慕先	男	福建福安
陈仰华	孝宣	男	山西临晋
陈济明	子谦	男	陕西南郑
章毓梧	峰琴	男	浙江金华
张敦讷	默生	男	山东临淄
宁世铭	新三	男	山西稷山
董溁	袖石	男	辽宁法库
杨韶春	化孚	男	陕西城固
杨映华	适生	男	云南石屏
董宪元	凤宸	男	山东阳信
赵宗闿	越南	男	浙江东阳
黎镜远	洞明	男	江西崇仁
郑淑铭	子远	男	浙江宣平
刘丕光	哲民	男	吉林永吉
卢怀琦	伯玮	男	陕西城固
戴锡樟	冠峰	男	福建闽侯
韩佩章	允符	男	辽宁辽阳
苏观海	蓬仙	男	河北故城

北京师范大学第十三届及研究科毕业生名录（1925年）
国文研究科

姓名	别号	性别	籍贯
丁致聘	陶庵	男	湖北麻城
安汝常	叙五	男	河北大兴
黄聪	洪勋	男	广东台山
张楚	藻廷	男	湖北蒲圻
陈文华	斐然	男	河北安次
费同泽	叟九	男	湖北沔阳
董璠	鲁安	男	河北宛平
刘秀生	秀生	男	广东平远

北京师范大学第十三届及研究科毕业生名录（1925年）
国文系

姓名	别号	性别	籍贯
王寿康	福卿	男	河北武邑
王殿儒	子陵	男	绥远丰镇
孔宪章	述甫	男	龙江肇州
牟荫梓	铎民	男	甘肃兰州
杜同力	同力	男	河南西华
屈震骞	凌汉	男	河北定县
俞答然	问樵	男	江苏盐城
马汝楫	济川	男	陕西绥德
盛增沂	叙伦	男	浙江金华
郭良田	新畲	男	绥远丰镇
庄奎章	秋云	男	福建惠安

姓名	别号	性别	籍贯
张毓蕃	椒升	男	山西临汾
董淮	渭川	男	山东邹县
逯侯	礼彦	男	绥远托县
雷鼎兆	润梅	男	广西南宁
靳宝华	介尘	男	陕西醴泉
赵立哲	紫铭	男	吉林吉林
卢自然	文斋	男	河南渭县
刘冕群	君实	男	广东大浦
萧家霖	涤尘	男	江西奉新
龙庆风	幼天	男	甘肃狄道
庞骥	南州	男	河南孟津

北京女子师范大学第四期毕业生名录（1925年）
国文学系

姓名	别号	性别	籍贯
孙垚姑	叔昭	女	贵州贵阳
赵静园	芸青	女	河北宛平

北京师范大学第十四届及教育研究科毕业生名录（1926年）
国文系

姓名	别号	性别	籍贯
王述达	善凯	男	浙江绍兴
杨如升	旭初	男	河南涉县

北京女子师范大学第五期毕业生名录（1926年）
国文系

姓名	别号	性别	籍贯
王化民	咏苏	女	河北清苑
王淑志		女	安徽贵池
王顺卿	纯卿	女	浙江绍兴
江学珍		女	浙江嘉善
吕云章		女	山东蓬莱
李桂生	洁华	女	安徽太平
李翠贞		女	湖北黄安
胡桂云		女	安徽泾县
吴瑛	完白	女	江西广昌
庄晓珊		女	北平
陆秀珍	晶清	女	云南昆明
霍玉英		女	山西寿阳
马云		女	浙江杭县
许广平	景宋	女	广东番禺
张瑄堃	静涵	女	河北定县
黄粹筠	节文	女	浙江杭县
曾华英	隽中	女	江西吉水
刘孝萱		女	安徽怀宁
楼亦文	以文	女	浙江杭县
聂玉凤		女	山东临淄

北京师范大学第十五届及研究科毕业生名录（1927年）
国文研究科

姓名	别号	性别	籍贯
王德俭	子约	男	山东诸城
何庸	子明	男	广东大埔
李英瑜	映霞	男	湖北汉阳
吴三立	辛旨	男	广东汕头
王寿康	福卿	男	河北
萧家森	涤尘	男	江西奉新
吴育	竹仙	男	福建诏安
胡天诒	荫荪	男	广东三水
孙祥偈	松泉	男	安徽桐城
郭良田	新畲	男	绥远丰镇
陈舜英	韶怡	男	广东汕头
冯芳	金德	男	四川隆昌
雷金波	伴书	男	四川资中
董淮	渭川	男	山东邹县
董溁	袖石	男	辽宁法库
赵宗闽	越南	男	浙江东阳
滕秉全	子修	男	浙江金华
刘冕群	君实	男	广东大埔

北京师范大学第十五届及研究科毕业生名录（1927年）
国文系

石鼎	君讷	男	安徽合肥
牟文毓		男	吉林吉林
李能昭	沛然	男	山西定襄
李育菜	放欣	男	河北安国
李简君		男	广东梅县
周德聚	敬者	男	河北赵县
徐继森	绍林	男	陕西榆林
晏继平	横秋	男	四川巴县
马毅	曼青	男	黑龙江绥化
马志新	焕庭	男	河北安次
殷宗夏	景纯	男	河北房山
黄宽浚	仲珣	男	湖北宜昌
黄敬修	敬修	男	广东梅县
陈福祥	君若	男	浙江嘉兴
程毓璋	耀峰	男	河北深县
彭纶	云谷	男	四川古蔺
邓荃	梅羹	男	湖南衡阳
张陈卿	新虞	男	河北无极
张希贤	更生	男	察哈尔蔚县
张树义	新吾	男	河北昌黎
张作谋	芩冰	男	甘肃洮沙
杨明德	新民	男	山东恩县
赵德栗	毅生	男	山东滕县
刘汝霖	泽民	男	河北雄县
刘振声	铎巡	男	河北赵县

北京师范大学第十六届毕业生名录（1928年）
国文系

姓名	别号	性别	籍贯
王韶生		男	广东丰顺
赵景甲	贯一	男	山东淄博
王志恒	翰忱	男	山东桓台
王述达	善凯	男	浙江绍兴
沈光耀	藻翔	男	河北大兴
沈琳	映霞	女	江苏江阴
宋存璋	洁一	男	河北巨鹿
李国栋		男	黑龙江绥化
李仲春	子痴	男	河北固安
李梓如	蔚丹	女	湖南湘潭
李琼	佩瑶	女	四川成都
李时	凌斗	男	河北乐亭
孟景岏	式民	男	河北武清
林卓凤	悟真	女	广东澄海
何含光	侠	女	江西南康
林凤嗒	振声	男	河北栾城
胡廷策	天册	男	广东开平
姜椿年	寿千	男	山东平度
高荣葵	向甫	男	河北赵县
梁绳祎	子美	男	河北行唐
唐卓群	书城	女	湖南常德

北京师范大学国文系历届毕业生名录

续表

姓名	别号	性别	籍贯
原思聪	敬听	男	河南武陟
孙楷第	子书	男	河北沧县
徐继荣	秀实	男	四川西充
张铁珍	建庭	男	河北大兴
张宙	天庐	男	河北衡水
赵祥云		男	山西清徐
黄如金	铸卿	男	湖南永兴
郭耀宗	光轩	男	河北蠡县
许以敬		女	安徽贵池
张永耀		男	陕西米脂
陶国贤	元麟	男	云南昆明
傅岩	介石	男	浙江绍兴
汤善朝	善朝	男	浙江金华
汤树人	自镜	男	吉林榆树
赵衡年	小松	男	山西历城
翟凤銮	澹心	男	湖南长沙
谭丕模		男	湖南祁阳

北京师范大学第十七届毕业生名录（1929年）

国文系

姓名	别号	性别	籍贯
王重民	有三	男	河北高阳

续表

姓名	别号	性别	籍贯
王锡兰	馥琴	男	河北任丘
李百明	伯鸣	男	广东梅县
吴子盘	仲鼎	男	四川梁山
何秉彝	逸民	男	湖北汉川
郭耀华	季和	女	四川资中
徐鸿逵	用仪	男	四川简阳
傅作楫	筑夫	男	河北永年
宋汝翼		男	河北献县
杜聿成		男	陕西米脂
殷宗夏	景纯	男	河北房山
马志新	焕汀	男	河北安次
张我军	清荣	男	福建南靖
张树义	新吾	男	河北昌黎
黄敬修	意之	男	广东梅县
程毓璋	耀峰	男	河北深县
杨明德	新民	男	山东平原
刘汉	倬云	男	绥远凉城
刘汝霖	泽民	男	河北雄县
贺凯	文玉	男	山西定襄

北京女子师范大学第一期毕业生名录（1929年）
国文学系

姓名	别号	性别	籍贯
王葆廉	如璧	女	山东莱阳
毛逸尘		女	江西吉水
石砳磊	陆石	女	辽宁开原
宋韵冰		女	广东新会
马云	修白	女	浙江嵊县
陈家庆	秀元	女	湖南宁乡
刘仲鹤	碧湘	女	河北大兴

姓名	别号	性别	籍贯
张煜昭	耀亭	男	河北束鹿
张怀璋	鹅汀	男	山东昌邑
陈廷瑄	梦樵	男	河北大兴
黄有文	传初	男	广东琼山
曾鳌	鸣歧	男	湖南衡山
曾恒俊	菘生	男	湖南武冈
隋廷珬	灵璧	女	山东诸城
杨凝郊	如宋	男	江西永修
远绍华	喆生	男	河北任丘
刘耀西		女	山东高密
刘桃岭	艳三	男	河南滑县
邓荃	梅羹	男	湖南衡阳
穆修德	心斋	男	河北藁城

北京师范大学第十八届毕业生名录（1930年）
国文系

姓名	别号	性别	籍贯
王国良	楚材	男	浙江义乌
安仁	静生	男	甘肃洮沙
何爵三	士坚	男	广东大埔
李济人	济仁	男	安徽桐城
李名正	舜琴	男	山西平遥
李汝翼	荔泉	男	河北献县
林成燮	理之	男	广东琼山
岳钟秀	一峰	男	河北定县
胡淑贞	纯贞	女	辽宁沈阳
徐景贤	哲夫	男	江西临川
梁华炎	质之	男	广东新会

北京女子师范大学第二期毕业生名录（1930年）
国文学系

姓名	别号	性别	籍贯
江学珍	清远	女	浙江嘉善
李文芳		女	陕西临江
吴蕙兰	练青	女	广东琼山
阮法先		女	浙江绍兴
郝阴潭		女	河北平山
陆秀珍	晶清	女	云南昆明

续表

姓名	别号	性别	籍贯
陈铎	逸然	女	福建闽侯
陈华先	希明	女	四川酉阳
赵静园	芸青	女	河北宛平
刘师仪		女	山东德县

北京师范大学第十九届毕业生名录（1931年）

国文系

姓名	别号	性别	籍贯
王恩深	仁甫	男	河北霸县
王敦行	敬渊	女	四川巴县
水静	韵如	女	江苏阜宁
朱家声	景远	男	江苏武进
李厚濡	子谆	男	湖南平江
李镇恶		男	山西屯留
李素	守白	女	河北邯郸
吴其作	新斋	男	河北滦县
李兰坡	滋九	男	河北雄县
李荫平	天根	男	黑龙江景星
吴涵远	味青	女	浙江余杭
李成栋	桢干	男	河北磁县
吴伟	彤斋	男	安徽恒宁
何含光	侠	女	江西南康
易烈刚	大舆	男	江西于都

续表

姓名	别号	性别	籍贯
胡玉贞	絜青	女	河北宛平
孟文德	济武	男	河北任丘
徐景璋	玉甫	男	吉林宁安
殷太芬	馥亭	男	河南汲县
陈煦	春暄	男	湖南祁阳
吴汉章		女	河南内黄
徐锡华		男	江苏宜兴
姚士㬎	丽卿	男	河南南乐
徐代棣	曼宜	女	安徽石埭
凌巍修	仲高	男	山东临沂
徐鸿芳		女	四川简阳
徐鸿逵	用仪	男	四川简阳
赵玉润	德滋	男	山东招远
靳德俊	极苍	男	河北徐水
赵达善	焕文	男	河北临城
叶桐	味琴	女	湖北嘉鱼
杨准	伯直	男	北平
阎树善	乐亭	男	山东荣城
郑淑婉	孟荃	女	黑龙江龙江
卢祝年		男	广西桂平
臧俊生	愃之	男	河北唐山
钱振东	鲁庭	男	山东郓城
刘焕莹		男	广东平远

续表

姓名	别号	性别	籍贯
刘同友	益之	男	河北安平
韩汝羲	玉西	男	河北涿鹿
龙守静		女	四川垫江
罗迪光		男	四川梁山
庞贻庄		女	河南郑州

北京女子师范大学第三期毕业生名录（1931年）

国文学系

姓名	别号	性别	籍贯
李鸣竹	雅圆	女	江苏昆山
李秀清	晓晴	女	河北
李恒惠	兰君	女	贵州
金紫英	昭琰	女	广东南海
金淑英	自珍	女	河南开封
金秉英	病病	女	北平
陆钦嫜	育滨	女	江苏吴县
马桂馨	芳吾	女	河北定县
高端肃	端肃	女	福建顺昌
姚可崑	可崑	女	河北秦皇岛
张赓秀	韵瑛	女	天津宝坻
张香荪	香荪	女	湖北襄阳
张秀芬	慧中	女	山东郓城
曹珍	贶君	女	安徽怀宁

续表

姓名	别号	性别	籍贯
傅琳彬	琳彬	女	福建同安
杨承献	文征	女	湖南湘潭
杨淑馨	宁远	女	河北
赵荣春		女	辽宁安东
赵翠芳	松云	女	山东单县
郑淑嬿		女	江苏崇明
刘培峻	晓岩	女	河北深县
乐永宣	锦春	女	云南黎县
戴励之		女	江苏镇江
谭任叔	了然	女	湖南慈利
罗心乡		女	福建思明

北京师范大学第二十届毕业生名录（1932年）

国文系

姓名	别号	性别	籍贯
卜蕙蓂		女	江苏铜山
方国瑜		男	云南丽江
尹耕琴		女	安徽萧县
王槐梦	任南	男	河北冀县
王日蔚	守珍	男	河北大名
白钟枌	荫东	男	察哈尔怀来
江浚明	明诚	女	四川资阳
任肇勋		女	山西太原

北京师范大学国文系图史

姓名	别号	性别	籍贯
任肇贤		女	山西太原
李树繁		女	吉林伊通
李君素		女	湖南永新
李玉梅		女	吉林吉林
李韫闻		女	四川简阳
段淑文	子彬	女	河南杞县
何其宁	璧辉	女	四川泸县
沈卓英		女	河北宛平
徐轶	曼华	女	江苏铜山
隋树森	育楠	男	山东招远
庄镇基	维石	男	河北天津
冯让兰		女	河南唐河
崔耀堃	载之	男	河北行唐
黄惟恭	肃雍	男	安徽歙县
高佩兰		女	陕西米脂
高荣级	廉九	男	河北赵县
常爵五	列卿	男	山西汾阳
梁绳箧		男	河北行唐
商达才		男	广西横县
徐葆珍	静芳	女	云南姚安
桂凝露	惜秋	男	安徽桐城
洪荣昌	纯摇	男	广东梅县

姓名	别号	性别	籍贯
马凤铭	孟津	女	河北永清
许问樨	馨吾	男	河北武强
覃树型	育楠	男	广西平南
彭光林		男	四川巴县
梁世英	乐三	男	山东招远
陶学源	履端	男	云南景东
杨宗震		女	辽宁本溪
杨独任	西挺	男	江西泰和
巩秀琴	修人	女	吉林延吉
欧阳升	亦平	男	江西永新
叶凤梧	苍岑	男	河北任丘
赵为楣	鲁刚	女	河北玉田
刘翰臣	式廷	男	河北任丘
刘崇曾	飘尘	男	广东梅县
刘恩惠	希桥	男	山东平原
苏雪航	雪航	男	黑龙江海伦
王永乐		男	山东寿光
王淡然		女	河南开封
李拔飞		女	广西平南
周光华		男	北平密云
何秉仪	容威	男	四川彭县
许延年	寿彰	男	河北安新

北京师范大学第二十一届毕业生名录（1933年）

国文系

姓名	别号	性别	籍贯
王树屏	泽浦	男	河北容城
王仪	英超	男	山西洪洞
王殿荃	宛圃	男	陕西韩城
王德钦		女	河北高阳
王富美		女	湖北武昌
王光华		女	河北定县
王志之		男	四川眉山
任维焜	访秋	男	河南南召
成毓芝	芳亭	男	热河平泉
朱朔豪	济畲	男	河北天津
朱洁		女	浙江绍兴
杜春仁	心源	男	山西五台
杜淑珍		女	山西太古
杜葆春	夂陵	女	辽宁梨树
杜贵绂		女	吉林吉林
余德琳	佩宜	女	浙江杭县
佟钟温	雅三	女	河北安平
李廷涛	撼声	男	山东海阳
李彤恩	子锡	男	山东招远
李淑云	若星	女	辽宁沈阳
李香橙	亦梅	女	察哈尔怀来
李孝勤		女	山东济阳

姓名	别号	性别	籍贯
李昆源	岫深	女	山东临沂
李绍曾	石仓	男	湖南常宁
周德岳	佩五	男	山西广灵
周秉璋		男	河北饶阳
纪国瑄	国宣	男	河北蓟县
张安泰	镇如	男	山东郓城
马润民		女	河北唐县
郝冠英		女	河北馆陶
胡勤室		女	河北沙河
高永昌	寿庵	男	河北霸县
浦熙修		女	上海嘉定
陈海	海波	男	广西兴业
陈国钧	仲平	男	河南修武
陈桂馨	月樵	男	河北井陉
陈哲文		男	山东济南
梁復昌	远亭	男	河北井陉
孙宗达	仲达	男	湖北宜昌
孙舜琴	董南	女	山东单县
邹国政		男	河南光山
许瑛心	泠君	女	江西龙南
许安本	固生	男	河南修武
乔殿重	子英	男	绥远托克托
冯震	震晔	男	河北饶阳

北京师范大学国文系图史

姓名	别号	性别	籍贯
贾振辉	景曦	女	河北清苑
荣景丰	慕昌	男	河北霸县
郑瑛	清君	女	浙江绍兴
郑枢强		女	江苏涟水
郑荣久		女	吉林榆树
顿宝书	伯如	男	河北蓟县
刘楷贤	伯才	男	河北永清
刘瑞馨	兰坡	女	山东博平
燕又芬	子真	女	河北定县
阎祥麟		男	察哈尔怀安
谢天惠		女	湖南新化
罗家珍	席儒	女	广东新会
王汝弼		男	河北蓟县
李棠庵		男	陕西绥德
谷冰川	万川	男	河北望都
段仲榕		男	四川涪陵
曹永岵		男	山东桓台
蔡宗尧		男	吉林双城

北京师范大学第二十二届毕业生名录（1934年）
国文系

姓名	别号	性别	籍贯
牛继昌	文青	男	河北昌平

姓名	别号	性别	籍贯
王漱石		女	河南汝南
王兰馨		女	广东番禺
王澄宇	荷清	女	河南南阳
王正已	见行	男	山东黄县
王朴	质吾	男	陕西绥德
王玉珂	昆峰	男	河北安平
王相敏		女	广东郁南
王家楠	开藩	男	广东琼东
石之瑛		女	河北香河
朱发英		女	江西赣县
朱俊英		女	江苏沛县
白玉荣	缦波	女	河北滦县
李国士	国轩	男	河北阜平
李玉岐	凤阁	男	河北永年
李静蘋		女	山东安丘
李增堵	烈五	男	河北容城
宋雯芳		女	河北景县
汪澎	开源	男	河北固安
周孝真		女	河北清苑
吴靖山	承伦	女	河北滦县
吴秀豪		女	江苏淮阴
吴毓俊	秀升	男	河北霸县
林举岱		男	广东文昌

续表

姓名	别号	性别	籍贯
胡英	育才	男	河北邢台
金书琴		女	河北宛平
侯明德	理哉	男	陕西华县
桑雪隐		女	山东临汾
高月华		女	河北大兴
马识途	近仁	男	河北新城
戚维翰	墨缘	男	浙江浦江
曹叔颖		女	江苏无锡
郭淑敏		女	河北深县
陈淑		女	山东菏泽
程国钰	二如	男	贵州镇宁
程金造	建为	男	河北高阳
乔毓琼	瑶亭	女	山西祁县
孙崇义	谓宜	男	河北宛平
崔淑权		女	河北遵化
崔宪家	范庭	男	山东郓城
张淑明		女	河北清苑
张清常		男	贵州安顺
张得善	恺然	男	绥远丰镇
云秀桐		女	绥远托克托
赵毓文	经武	男	北平
赵振镛		男	河北赵县
董景荣		女	河北武清

续表

姓名	别号	性别	籍贯
邹碧		女	江西新淦
叶仲寅		女	河北大城
滕肃	子严	女	湖南邵阳
刘光藻	镜人	男	河北武清
刘宝珍		女	河北大兴
薛培曦	光辅	男	察哈尔涿鹿
吕广耀	经武	男	北平
李文保	怀民	男	山东黄县
金正一		男	黑龙江明水
李宗信		男	河北肃宁
范庆功	凯之	男	河北肃宁
于炳离		男	山东昌邑
邵增桦	培芝	男	河北满城
韩端峰	蠹三	男	河北肃宁
张永年		男	河北束鹿
郭上堤	仲张	男	江西瑞金

北京师范大学第二十三届毕业生名录（1935年）
国文系

姓名	别号	性别	籍贯
于炳离	丙离	男	山东昌邑
王信民	立甫	男	河北南宫
王余侗	仿成	男	山东临淄

续表

姓名	别号	性别	籍贯
王汝弼	闻夫	男	河北蓟县
王恩华	泽青	男	河北玉田
王鸿逵		男	天津静海
王绪勋	效周	男	河北淇县
王骏义	捷之	男	河北藁城
王铁民	燕民	男	江苏武进
申蟠凤	圣羽	女	察哈尔怀安
朱景嵩	峻生	男	察哈尔怀来
朱子陵	子陵	男	绥远凉城
李英芳	伯馨	男	河北武清
李文保		男	山东黄县
李金诰	文山	男	山东寿光
李时奇		男	广东茂名
李凤仪	瑞章	男	河北蓟县
李棠庵		男	陕西绥德
李景贤	觉之	男	福建闽侯
吴应先	荫仙	女	湖南沅江
邢庆春	惠风	男	河北藁城
周启美	善程	女	河北蠡县
周怀求		男	湖南湘潭
周静学	毅乔	女	河南修武
孟淑范	师陶	女	黑龙江巴彦
胡文淑	介然	女	安徽怀宁

续表

姓名	别号	性别	籍贯
徐世荣		男	北平
徐智超		女	天津
侯庭督	钧权	男	辽宁辽阳
袁有为	树勋	男	河北滦县
孙汝林	茂园	男	河北大城
孙佩兰	幼秋	女	吉林长岭
高去疾	松侪	男	河北安新
高崇信	元白	男	陕西米脂
张存恕	念先	男	河北蠡县
张金兰	白远	男	河南安阳
张学纲	士维	男	山东莱阳
张树蓉		女	四川泸县
郭启卜	断叔	男	湖南湘潭
郭绳武	怡荪	男	山西平定
陶继安	纪厂	男	浙江嘉兴
陈殿贤	疏君	男	山东益都
陈秀江		女	河北定县
许延年	寿彭	男	河北安新
曹澍宪	树宪	男	河北赵县
傅以平		男	贵州镇宁
傅铭第		男	江西高安
杨树芳		男	河北井陉

续表

姓名	别号	性别	籍贯
杨毅	欣庵	男	陕西靖边
杨殿珣		男	河北无极
董九岩		女	河北隆尧
裘子坤	子堃	女	浙江绍兴
刘振兴	宗镇	男	河北安平
刘淑彬	静斋	男	河北清苑
刘逸尘	友竹	女	河北滦县
赵景甲	贯一	男	山东淄博
刘书泽	湘石	女	四川蓬安
刘振声	铎巡	男	河北赵县
翦象骏	瘦梅	女	湖南桃源
蔡宗淮		男	吉林双城
魏安之		女	浙江杭县
蓝淑恩		女	河北丰润
边国俊	伯英	男	天津武清

北京师范大学毕业生名录（1937年）
国文系

姓名	别号	性别	籍贯
文琇		男	内蒙托克托
王颖		男	山东日照
王嵩龄		男	黑龙江庆安

续表

姓名	别号	性别	籍贯
王国栋		男	河北滦县
王焕章		男	山西吉县
王毓骏		男	河北赞皇
王振华		女	北平
吴奔星		男	湖南安化
李化棠		男	河南禹县
何贻焜		男	湖南衡阳
余维炯		男	广西融安
洪植贤		男	河北遵化
高启杰		男	湖北京山
张福泽		男	安徽寿县
程志学		男	河北高阳
赵西陆		男	山东益都
刘若珠		男	北平昌平
刘肇彰		男	内蒙凝成
卢振华		男	湖北红安
刘世昌		男	西康定
王文郁		男	河北丰润
高醒民		男	湖北随州
魏佩兰		男	甘肃甘谷
高振玉		男	陕西米脂
杜仲芝		男	陕西米脂

姓名	别号	性别	籍贯
李清珍		男	河北藁城
郭上堤		男	江西瑞金
温宗祯		男	山西原平
何善懋		男	湖南郴县
傅铭第		男	江西高安
金正一		男	黑龙江明水
王登高		男	山东东陵
李宗信		男	河北肃宁

北京师范大学毕业生名录（1938年）
国文系

姓名	别号	性别	籍贯
王廷杰		男	湖北罗田
孙繁信	紫真	男	河南西华
曲咏善	子元	男	山西五台
苏运中		男	山东单县
李东岳		男	山东德平
杜书田		男	辽宁沈阳
张敬	武之	男	吉林永吉
叶鼎彝		男	安徽桐城
顾学颉		男	河北随州

姓名	别号	性别	籍贯
王时曾		男	陕西白水
张友建		男	湖南长沙
侯国宏	渴漪	男	山西浑源

北京师范大学毕业生名录（1939年）
国文系

姓名	别号	性别	籍贯
刘述先		男	辽宁西丰
艾弘毅		男	吉林伊通
陈亮		男	河南内黄
孙全兴		男	山东郓县
蔡锋		男	河南密县
汪士聪		男	河南罗山
耿振华		男	河北藁城
赵加均		男	安徽凤阳
杨朴		男	甘肃临洮
王成德		男	四川丰都
刘凤仪		女	陕西凤翔
彭长贤		男	山东菏泽
陶稷农		男	山东历城
顾学颉		男	湖北随县
陈复华		男	安徽蒙城

北京师范大学毕业生名录（1940年）
国文系

姓名	别号	性别	籍贯
赵兰庭		男	河北昌黎
李钟藩		男	广西融县
王纯元		男	河南安阳
邓文惠		女	湖南武冈
朱喜晦		男	山东桓台
申稷平		男	陕西延川
于靖嘉		女	辽宁北镇
田泽芝		女	辽宁沈阳
高华年		男	福建南平
董纯溥		男	热河阜新
边瑞雯		女	河北任丘
崔玉林		女	河北安国
刘毓金		女	河北南和
李允皆		男	山东文登
朱宪成		男	河南郾城
李允修		男	河南沈丘

北京师范大学毕业生名录（1941年）
国文系

姓名	别号	性别	籍贯
张圣儒	季超	男	河南汲县
余世礼	维一	男	湖北蒲圻
张拱贵		男	湖北罗田

续表

姓名	别号	性别	籍贯
廖序东		男	湖北鄂城
杜庶	近民	男	河南林县
周清机		男	湖南武冈
岳邦珣		男	河南温县
李大廷		男	河南偃师
于满川		男	辽宁金川
周如兰		女	四川岳池
李鸿敏		女	北平
康少封	幼民	女	辽宁开原
王振纲		男	河北昌黎

中等各科讲习班（1941年）
国文组

姓名	别号	性别	籍贯
陈鉴		男	甘肃隆德
李鸿藻		男	甘肃庆阳
许凤岐		男	辽宁开原
何远斋		男	甘肃甘谷
王维卿		男	山西寿阳
朱恕文		男	河北清苑
李正甫		男	陕西南郑
张卜麻		男	河南修武
张子安		男	河北灵寿
赵杰民		男	河北定县

女子师范文科国文系（1941年）

姓名	别号	性别	籍贯
黄淑环		女	天津
孟淑琪		女	北平平谷
时秀文		女	北平
成若愚		女	河北怀来
曹秀峰		女	天津武清
张淑昭		女	河北高阳
张松影		女	河北平山

北京师范大学毕业生名录（1942年）

文科国文系（春季）

姓名	别号	性别	籍贯
杨铭		女	天津武清
王芝兰		女	北平
黄凤台		女	河北晋县
王静文		女	辽宁沈阳
王带震		女	河北容城
王君毅		女	河北新城
曹玉蓉		女	河北武邑
魏本友		女	天津宁河
王运生		女	河北唐山
樊素珍		女	湖北恩施
周德闻		女	北平大兴

姓名	别号	性别	籍贯
吕欣荣		女	北平
王琼瑶		女	四川仪陇
李秀芬		女	河北献县
步云岭		女	北平
柴秀英		女	浙江鄞县
苏立斌		女	北平密云
叶家琏		女	河北鸡泽
沈佩兰		女	河北蔚县
张汝梅		女	河北南宫
梁蕴如		女	河北丰润
温靖		女	山东济南
李莲洁		女	辽宁铁岭
李采荷		女	北平延庆
张慧莹		女	浙江绍兴
张信德		女	北平
区竹孙		女	广东顺德
谷春桂		女	吉林延吉
段梦仙		男	河北蠡县
徐华亭		男	河北遵化
刘连如		男	河北新城
王毓茹		男	天津武清
齐纪图		男	河北蠡县

续表

姓名	别号	性别	籍贯
徐润波		男	河北乐亭
时蔚文		男	河南息县
李鸿儒		男	河南济源
邢宗卫		男	山东桓台
吴力田		女	湖北蒲圻

北京师范大学毕业生名录（1942年）文科国文系（秋季）

姓名	别号	性别	籍贯
王熙盈		男	上海嘉定
陆邦达		男	北平
郑兆泰		男	天津
吴景熙		男	河南郾城
阎世杰		男	河北卢龙
段锡森		男	山西浮山
李凤来		男	北平
穆君济		男	河北文安
朗圻		男	北平
李仲均		男	河北乐亭
朱鉴曾		男	天津
钟斌		男	北平怀柔
魏厚禄		男	河北镇平
赵宝荣		男	北平

北京师范大学毕业生名录（西北1943年）
国文系

姓名	别号	性别	籍贯
王保三	叔民	男	河南西华
王远人	乐风	男	四川铜梁
朱宪祖	逸圆	男	陕西三原
吴修龄	孟容	男	四川永川
徐仲文	重闻	女	四川大足
高怀玉	德五	男	安徽宿县
张自强	岳	男	四川安岳
廖羽	伯琴	男	四川什邡
刘鹤笙	和声	男	四川营山

北京师范大学毕业生名录（1943年）
文学院国文系

姓名	别号	性别	籍贯
杜凯		女	天津
魏静浮		女	辽宁营口
王燕贞		女	河北阳原
李瑞敏		女	北平通县
马秀贞		女	山东济宁
佟世敏		女	北平
谷玉华		女	河北丰润
李树敏		女	北平
韩英堃		女	北平

姓名	别号	性别	籍贯
陈家璟		女	湖南长沙
方德秀		女	安徽桐城
高友琴		女	北平密云
万淑康		女	湖北沔阳
戴芳文		女	北平
葛琳		女	河北乐亭
王雅丽		女	天津宝坻
董惠芳		女	北平
王洪贞		女	天津
丁韵琴		女	河北遵化
胡佩玉		女	河北卢龙
白质莹		女	河北固安
刘明玉		女	辽宁建平
黄曾九		女	河北藁城
双淑媛		女	北平
姚文如		女	河北遵化
唐秀民		女	辽宁辽阳
王学鞠		女	北平
吴静贞		女	北平
黄勤		女	河北藁城
李允祥		男	北平
王崇舜		男	河北涿县
刘汉义		男	河北河间

姓名	别号	性别	籍贯
李伯平		男	河北玉田
刘永泉		男	天津宝坻
阎荣缙		男	河北昌黎
郑国瑞		男	河北安国
陈秉贞		男	北平顺义
钟愈白		男	北平怀柔
潘世雄		男	天津
刘庆福		男	北平顺义
王定中		男	河北抚宁
孙麟趾		男	北平顺义
陈焕文		男	北平
刘文通		男	北平

北京师范大学毕业生名录（西北1944年）
国文系

姓名	别号	性别	籍贯
孙可多	蔚宗	男	河北蔚县
刘光远		男	河南固始
李武身	君健	男	河北新乐
赵联卿		男	河北赵县
李式岳		男	河北定县
邢文忠	叔华	男	河北玉田
陈鸿秋		男	安徽寿县

姓名	别号	性别	籍贯
曹述敬		男	山西平顺
吴力生		男	山东东阿
孔宪良		男	四川泸县
古德敷		男	河南唐河
汪宗藩	介仁	男	陕西安康
武敬熙		男	河北永年
甄成德	之征	男	河北唐县
王重锡	宇九	男	甘肃民勤
邰荣	伯声	男	江苏泰县

北京师范大学毕业生名录（1944年）
文学院国文系

姓名	别号	性别	籍贯
吴竹村	溪逸	男	河北任丘
葛键文	剑纹	男	山东蓬莱
朱梦晦	明承	男	北平昌平
张炳义	毅然	男	河北容城
李梦莲	效周	男	河北迁安
夏雨新	渊若	男	河北容城
汤东坡	西林	男	河北新城
张岱	云生	男	河北滦县
张绍纲		男	天津武清

姓名	别号	性别	籍贯
刘奠璋	奉斋	男	北平通县
刘玉祥		男	河北抚宁
刘伯涵	雪峰	男	河北高阳
章世梁		男	浙江余杭
乔炳南	耀华	男	山东平原
王作恭		男	河北乐亭
张恕	行直	男	河北滦县
杨再方	又华	男	河北丰润
张文熊		男	北平
黄世贤		男	北平
李善全		男	天津宁河
马云聪	骧遫	女	河北新城
朱权	衡石	女	浙江山阴
吴惠英		女	湖北荆州
刘学藻	翰飞	女	天津
张葆真	建吾	女	河北安平
宁晓光	伯旭	女	辽宁海城
董淑琳		女	河北丰润
朱崇荣	重华	女	天津
王智玲		女	天津
张少敏	华生	女	河北丰润
刘佩瑜	怀瑾	女	山西清徐

北京师范大学国文系图史

姓名	别号	性别	籍贯
弭尚贞	起元	女	山东德平
高琛	默仙	女	天津静海
连贵贞	固卿	女	北平
王维贞	紫琴	女	河北定县
王秀敏	子颖	女	天津
王淑兰	级芬	女	山东阳信
杨淑贞	明瑾	女	山东历城
贾泽	惠千	女	北平通县
杨叔辰	拱北	女	北平通县
王卓辉	光军	女	天津武清
董维淑	震寰	女	河北丰润
刘保元		女	辽宁朝阳
梁慧德	尊五	女	河北丰润
耿光治	介之	女	河北滦县
赵慧春	会村	女	北平
邓迪秀	蒨微	女	北平

姓名	别号	性别	籍贯
袁绪先	承辉	男	河南确山
温湘	路汀	男	河南镇平
曹文谦	益新	男	河南镇平
信应举		男	河南遂平
李绍唐	充若	男	河南柘城
刘锡兰		男	河北大名
买秀云		女	河北成安
丁钦瑞	解云	男	山东荏平
孙毓苹	涧滨	男	山东成武
徐鑫华		女	山东阳谷
盛新民		男	江苏铜山
余学文	子郁	男	陕西西乡
张有智	养禾	男	陕西城固
王治民		男	四川眉山
黎静		女	湖南湘潭
张金泽		男	河北天津
赵秀岩		女	河北丰润

北京师范大学毕业生名录（西北1945年）
国文系

姓名	别号	性别	籍贯
赵先重		男	河南荥阳
王洪延	楚斯	男	河南安阳

北京师范大学毕业生名录（1945年）
文学院国文系

姓名	别号	性别	籍贯
王恒古		女	天津
蔡君琴		女	福建闽侯

续表

姓名	别号	性别	籍贯
王树森		女	北平
徐书麟		女	天津
孙毓椿		女	江苏无锡
程淑婉		女	广东中山
李苏芳		女	江苏宜兴
张秀清		女	天津
马培贤		女	河北清苑
贾耀荣		女	山东德平
刘国俊		女	河北黄县
王容霜		女	山东黄县
李钟秀		女	河北玉田
王馨		女	山东福山
孙慧中		女	山东蓬莱
高莛九		女	河北秦皇岛
邬敏文		女	北平大兴
刘远声		男	北平
陈其同		男	天津
李鑫		男	河南项城
樊尔乾		男	浙江绍兴
田祖述		男	河北玉田
何大让		男	山东胶县
高崧		男	北平通县
王金鼎		男	北平顺义

续表

姓名	别号	性别	籍贯
张遵基		男	河北南皮
王学曾		男	辽宁沈阳
吴清濂		男	河北安次
贾守忠		男	河北遵化
宋金印		男	河北丰润
刘佩文		男	北平
张有常		男	河北乐亭
赵世奎		男	河北霸县
刘玉泉		男	河北三河
杜金印		男	河北迁安
王增强		男	北平
王荫清		男	河北丰润
张沛纶		男	河北大名

国立西北师院毕业生名录（1946年）
国文系

姓名	别号	性别	籍贯
张芷		女	辽宁海城
马秦璧	雍仲	男	甘肃民勤
王秉珽	玉峯	男	山东商河
刘维崇	雪涛	男	河北蠡县
张志范	北辰		陕西乾县
齐振鹏	公远	男	河北元氏

姓名	别号	性别	籍贯
何维		男	山东临沂
袁秉谦		男	河北通县

国文专修系（1946年）

姓名	别号	性别	籍贯
贺家彝		男	陕西清涧
赵三余	汉傑	男	陕西绥德
吕金铭	仪三	男	山东滕县
刘钟智		男	河北沧县
赵荫章	树棠	男	山东馆陶
张宽	公庭	男	山东临清
刘世儒	宗孔	男	河北沙河
薛怀义		男	陕西盩厔
周景烈	中军	男	陕西乾县
尚涤非	毅生	男	河北平乡
刘彦佶	健甫	男	山东海阳
王克元	泰初	男	甘肃临洮
吴超群		男	河北肥乡
程金士	亚彬	男	山东城武
贾昭明	文乡	男	甘肃甘谷
王秀玉		女	陕西乾县
王镒	璞玉	男	河南洛阳
任立程	雪门	男	山东鱼台

姓名	别号	性别	籍贯
战鸿德		男	山东莱阳
严晓钟	省吾	男	陕西澄城
吉香山	次白	男	河北长垣
马耀先	君宝	男	陕西兴平
孙继贤		男	四川南川

本班未毕业从军同学（1946年）

姓名	别号	性别	籍贯
杨宗宪			
李蔚林			
潘茂涛			

国语专修科（1946年）

姓名	别号	性别	籍贯
张勇		男	内蒙包头
卢铨书		男	山西汾城
张骥		男	陕西洋县
宋振基		男	甘肃甘谷
申尔纲		男	陕西兴平
阎镇乾		男	甘肃陇西
侯嘉璧		男	甘肃武山
张振家		男	甘肃临洮
康国彦		男	甘肃通渭

续表

姓名	别号	性别	籍贯
赵朝珍		男	北平
魏兆国		男	甘肃皋兰
王学慧		男	河北滦县
贾春英		女	河南方城

北京师范大学毕业生名录（1946年）
国文系

姓名	别号	性别	籍贯
申鸿敏		女	河北行唐
邢文达	梦南	男	北平通县
李文蔚	奉岳	男	山东宁阳
林玉明		女	北平
苑蔚慈		女	河北清苑
张人凤		女	山东章丘
张寿康	经X	男	浙江绍兴
陈邦荣	今吾	男	河北乐亭
陈鸿勋	佑民	男	河北卢龙
杨正春	健青	男	河北玉田
杨咏雯		女	广东顺德
赵毅馨		男	河北饶阳
蔡之固		男	河北文安
刘秉谦	致中	男	天津宝坻
刘乃皋	翊虞	男	天津宝坻
薛恩波	洛源	男	山东历城

北京师范大学毕业生名录（西北1947年）
国文系

姓名	别号	性别	籍贯
李修成		男	陕西乾县
王锡东		男	甘肃皋兰
赵明范		男	河南杞县
吴春泽		男	河北临城
刘生新		男	陕西长安
刘正玺		男	甘肃静宁
秦效忠		男	甘肃临洮
郑培玉		男	陕西铜川
韩芙		男	河北高阳
黄秉晶		男	河南信阳
罗作福		男	陕西长安
李英基		男	河南沁阳
毕云亭		男	山东菏泽
吴文秀	闻修	男	河南舞阳
袁佑庆		男	河北徐水
张鑫		男	陕西富平
李尚公		男	山东肥城
史振华	振晔	男	河北新河
杨明印		男	河南洛阳
陆仰云		男	陕西南郑
靳万青		男	山西运城
魏典昌		男	河南镇平

续表

姓名	别号	性别	籍贯
张洁廉		男	甘肃永昌
郝静诚		男	北平
李安舒		男	河南获嘉
张守仁		男	天津
司绳栻		男	河南郑州
马致良		男	河北昌黎
王学奇		男	北平密云
张洁忱		男	河北定兴
管询		男	陕西三原
张廷森		男	河南温县

国文专修科（1947年）

姓名	别号	性别	籍贯
宋智德		男	陕西华县
康宝珍		男	河南确山
盛玉川		男	宁夏宁夏
金集忠		男	甘肃榆中
汉世相		男	甘肃榆中
何裕		男	甘肃临洮
吴祥泰		男	甘肃天水
姚宗棠		男	甘肃天水
许炎生		男	江苏丹阳
曾昭俭		男	河南息县

续表

姓名	别号	性别	籍贯
赵勿伏		男	甘肃天水
王一岑		男	河北霸县
李瑛		女	河南息县
李象文		男	河南息县
把多学		男	甘肃永登
李泰来		男	陕西渭南

国语专修科（1947年）

姓名	别号	性别	籍贯
陈文会		男	河南开封
武延贵		男	甘肃和政
张恒昌		男	陕西邰阳
高凤台		男	河南遂平
周贞元		女	甘肃天水
张荣甫		男	河南镇平
宋全忠		男	河南汜水
郑振清		男	河南汝南
李德玉		女	四川遂宁
苟美玉		女	甘肃临洮
岳成基		男	陕西城固
李昭先		男	河北高阳
裴正基		男	甘肃洮沙

续表

姓名	别号	性别	籍贯
韦成英		女	安徽临泉
施桂兰		女	安徽临泉
张鹏		女	河南许昌
蒲宪章		男	甘肃天水
吴贵宁		男	河北滦县
邵荣庭		男	甘肃清水
陆源昌		男	甘肃酒泉
刘启荣		女	北平
杨颉		男	甘肃定西
苟振华		男	甘肃通渭
康克敏		男	甘肃临洮
冯麟		男	甘肃定西
宋芝蕃		男	甘肃甘谷
马明智		男	甘肃皋兰
望得禄		男	河南卢氏
路兰霞		女	河北清苑
赵牧周		男	山东长清
马让		男	甘肃天水
郭继泰		男	甘肃平凉
刘明哲		女	四川崇宁
杨钟华		女	河南信阳

北京师范大学毕业生名录（1948年）

国文系

姓名	别号	性别	籍贯
史国显		男	河北石门
胡太和		男	河南濮阳
刘景新		男	河南淅川
陈蔚	南山	男	河北迁安
安毓永	竹西	男	河北武清
苏立信	兼仁	男	山东青岛
卢幼忱		男	广东中山
左英汉		男	山东鱼台
何思清		男	山东单县
史宝琴		女	浙江绍兴
曲文慧		女	山东荣城
刘可兴		女	山东济南
金玉贞		女	河北大兴
樊懋昌		男	天津武清
金蓉如	湟子	女	甘肃兰州
冯晟乾		男	热河
葛世泰		男	河北宛平
王焱	夫汉	男	河北宛平
孙景溪		男	河北高阳
侯美禄		女	甘肃临夏
王嘉祥	会明	男	河北新城
梁靖堂		男	甘肃泾川

续表

姓名	别号	性别	籍贯
刘据尧		男	陕西鳌屋
顾正		男	甘肃靖远
常振中		男	甘肃通渭
倪淑兰		女	天津
章士琏		男	河北清苑
王珍	珍之	男	甘肃秦安
安步青		男	甘肃秦安
刘崇彬		男	河南陕县
祝宽		男	陕西永寿
杨学禹		男	甘肃临泽
杨仪		男	甘肃临洮
庄向梓		男	甘肃永登
谢光瑾		男	河南
李承明	晓宇	男	甘肃甘谷
马天爵	修五	男	甘肃定西
罗定五	戡	男	陕西褒城
张尚义		男	甘肃陇西
舒凤耀	容青	男	甘肃岷县
李有德		男	甘肃永登
马竹轩		女	甘肃皋兰
王积印	心如	男	甘肃景泰
余秉诚		男	甘肃固原
郝息元	西原	男	河北滦县

国文专修科（西北1948年）

姓名	别号	性别	籍贯
王梅	秀岭	男	河南南乐
姜学玲	令予	男	甘肃民乐
杨世盛	松亭		青海西宁
杨宗宪	少飞		甘肃临洮

国语专修科（西北1948年）

姓名	别号	性别	籍贯
王兆离	少南	男	陕西长安
令作宪	纪五	男	甘肃甘谷
和铭益		女	河北蠡县
侯海晏		男	甘肃陇西

北京师范大学毕业生名录（1949年）
国文系

姓名	别号	性别	籍贯
赵鸿勋		男	内蒙巴彦浩特
李因	怀刚	男	河北任丘
赵三耀	月朋	男	河南洛阳
萧国臣	廷襄	男	河北安国
张鸿基	志儒	男	陕西城固
衡尚仁		男	陕西城固
孟繁殖	德生	男	河南封丘

姓名	别号	性别	籍贯
于明珍		女	江苏镇江
葛垂青		男	河北乐亭
尹专		男	河北灵寿
田春阔		男	河南洛阳
李象文		男	河南息县
宋智德		男	陕西华县
李泰来		男	陕西渭南
赵庆媛		女	河北涞水
闪懿昌		女	北平昌平
关淑媛		女	北平
张金锋		男	河北安新
陈�…荣		女	天津武清
傅静甫		女	辽宁辽中
王师兰		女	北平
刘培甄		女	河北唐山
宋鹤琴		女	辽宁辽中
何斌海		男	北平
王功立		男	安徽萧县
张恒健	法天	男	陕西褒城
王承祐		男	陕西西乡
任尔枢	揆吾	男	陕西鄠厔
张笔星	仰介	男	陕西澄城

姓名	别号	性别	籍贯
把多学	知行	男	甘肃永登
高文廉	少吾	男	陕西洋县
蔡仁邦	孟卿	男	甘肃榆中
王汝桃		男	甘肃秦安
曾昭俭		男	河南息县
管友菊	亚君	女	江苏镇江
金集忠	耀燧	男	甘肃榆中
曹南应		女	湖北枝江
谢念祖	剑虹	男	江苏赣榆
萧明华		女	浙江嘉兴
何裕	聚川	男	甘肃临洮
索天翰	藻云	男	北平
汉世相		男	甘肃榆中
赵勿伏		男	甘肃天水
高振中		男	陕西米脂
张慎勤		女	安徽巢县
崔天发		男	
张环	少卿	男	甘肃漳县
王祥麟	仁瑞	男	甘肃甘谷
孙景宗		男	河南封丘
汪清泉	萍	男	陕西鄠厔
何继周		男	陕西城固

国语专修科（1948年）

姓名	别号	性别	籍贯
周彬	维新	男	四川武胜
宋孟韶	学源	男	辽宁锦县
巩青祥	瑞甬	男	山东惠民
杨天赋		男	四川岳池
牛遇蓉		男	河北通县
张涛	松波	男	北平
赵鸿业		男	河南西平
张博宇		男	河北顺义
刘呈祥	润容	男	河北怀柔
翟建邦		男	山西阳曲
郭汾		男	山西灵石
韩国楹		男	河南泌阳
冯长青		男	河北香河
景秀瑗		男	河北大兴
赵文增		男	河北大兴
黄增誉	望平	男	河北献县
赵寿安		女	河北高阳
曾伯平		男	河北滦县
吴贵宁	子健	男	河北滦县
李林		女	河北昌黎
陈集荣		男	河南西平
高凤台		女	河南遂平
朱士第		男	北平
姚庆水		男	陕西华县

姓名	别号	性别	籍贯
杜懋德	达三	男	甘肃清水
鱼得渊	泉山	男	甘肃陇西
张祖训	伊三	男	甘肃定西
崔同书	文中	男	甘肃临洮
侯宗周	铭贤	男	甘肃渭源
李兆恭	允之	男	甘肃榆中
冀敬斌	崇二	男	陕西商县
李明岳		男	河南卢氏
吴士笪		男	山东莒县

本名录说明：本名录依北京师范大学百年校庆时编纂的《北京师范大学（1902—1949）校友名录》修订而成，内容尽量依照该书原貌，仅做了少量调整，具体如下。

1. 从1902年至1949年间，北京师范大学几经分合，校名多次改易。为行文和理解之方便，本表从1924年起，将所有表格标题中涉及"北平师范大学"和"北京师范大学"之处统一为"北京师范大学"，涉及"女子师范大学"之处均统一为"北京女子师范大学"。

2. 从1928年开始，所有标注籍贯为"北京"者皆改为"北平"，直到1949年。

3. 因年代久远，籍册缺失，且原文即错讹极多，我们已尽全力考订名籍，错谬仍所难免，请各位校友理解。

4. 有些学长在本名录中出现了两次，多为校内升学。有预科升为本科者，亦有本科升为研究科毕业者。

北京师范大学国文系（1902—1949）大事年表

1913年

2月24日 　中华民国教育部（后简称教育部）颁布《高等师范学校规程》，规定本科分国文部、英语部、历史地理部、数学物理部、物理化学部、博物部。本科各部通习之科目为伦理学、心理学、教育学、英语、体操。

其中规定国文部分习之科目如下：

国文及国文学、历史、哲学、美学、言语学等。

本月，北京高等师范学校（后简称北高师）遵照《高等师范学校规程》，文科第二部改称英语部，本科分为国文部、英语部、历史地理部、数学物理部、物理化学部、博物部。

3月27日 　教育部第27号令颁布《高等师范学校课程标准》，规定预科、国文部、英语部、历史地理部、数学物理部、物理化学部和博物部7个课程标准表，详列学科目及每学期每周授课时数。在此学制改革中，原优级师范开设的"人伦道德""经学源流""经学大义"等科目被取消，代之以"实践伦理"和"伦理学"等，在本科二、三年级，则分别教授"西洋伦理学史"和"中国伦理学史"。

9月 　聘任马裕藻为兼职教员，任英语部国文教授；聘学监鲍诚毅任历史地理部国文教授；钱夏（玄同）任预科国文教授。

1914年

3月 　教育部拟将北京高等师范改为国立（是为从清朝的皇家学堂改为北洋政府的"国立"）。

1915年

2月　袁世凯批准财政部筹拨6万元，并自捐1万元，北高师积极扩充，增设国文部、数理部、教育专攻科、国文专修科、手工图画专修科、单科教员讲习班，另设各种讲习科。至此，《高等师范学校规程》中规定的六部全部建立。

4月　北高师集合国文教员，专门商议国文教学方法。

7月　国文专修科录取33名学生。

8月　国文专修科续招42人。

9月　各省选送预科学生复试，国文专修科续取18名，备取6名。

10月　陈宝泉呈报教育部北高师扩充办法，包括增设国文部、新招国文预科班、国文专修班，请求补发扩班经费。

12月　增加中文参考图书357种。

1916年

2月　教育部颁布《关于扩充师范学校令》。

4月　北高师公布《北京高等师范学校现行简章》，同时公布《国文专修科规程》等。其中规定，国文专修科入学试验科目：国文、英文、历史、地理、数学。国文专修科以养成师范学校及中小学校国文教员为主旨，学生名额以50人为限，修业期2年，毕业后应服务2年。课程包括：伦理、心理及教育、国文及国文学、英语、论理、哲学、美学、历史、体操。第二学年第三学期实习。

1917年

2月　女子师范学校制订改组计划，将学校分为三科：教育文学科、数学理化科和家事技艺科。修业年限为预科1年、本科3年。未招预科前先设各科专修科，修业年限为2～3年。改组计划获得教育部批准。后于8月添设附属中学2班，停招师范预科。

8月　女子师范停止招收预科，增设教育国文专修科，公开招考新生24名。

10月　女子师范学校呈报教育部的《教育国文专修科简章》获准照办。简章规定：招收女子中学或师范毕业生，修业3年，以养成女子师范学校、中学校教员及管理员为主旨。学习科目有：教育、国文、修身、地理、历史、图画、体操、乐歌等。

同月，北高师国文学会成立。

12月1日　图书馆开馆仪式。

1918年

4月　钱玄同在《新青年》第四卷第四期发表《中国今后之文字问题》，提出"废孔学""废汉字"，当采用"文法简赅，发音整齐，语根精良之人为的文字Esperanto（世界语）"。

6月1日　教育部通令各高等师范学校附设国语讲习科。

7月　举办暑期国语讲习科，毕业24人。

10月5日　北高师修订简章获批准。

11月21日　举行校役夜学开学式。校役夜学分为高等班和普通班。

11月23日　教育部公布《注音字母表》，正式公布39个注音字母。

11月24日　北高师举行辩论会第一次演讲会。辩论会名誉会长陈宝泉，名誉会员陈哲甫、李培初等莅临会议。

本年度

陈宝泉主持召开全国第一次国语教科书编辑会议。钱玄同担任编辑主任，计划编成后在北高师附小开展实验。

女子师范学校编制《北京女子师范学校一览》，取消"读经"课程。

1919年

1月　教务会议公决：每年1月至2月、10月至11月，集合本校及附属学校职教员各开教育、国文、英文、数学、体育各种研究会一次，讨论各科教授方法并审核教授参考用书，以敦促实际之进行。

2月9日　数理部学生匡互生、刘薰宇，国文部学生周予同等人成立"同言社"，5月，该社成立工学会，提倡"工学主义"。

3月12日　教育部颁布《女子高等师范学校规程》，共6章35条。

本月，教育部公布《全国教育计划书》，提出：整理添设国立高等师范学校，筹设女子高等师范学校等项，统筹全国设立高等师范学校七所。

本月，北京女子师范学校成立文艺研究会（由文科发起），分演讲、编辑、庶务三部，并于6月出版了《文艺会刊》创刊号。研究会成立之后的一年里，共召开演讲会24次，发表论文30篇，文艺作品80篇。文艺研究会是中国现代文学史上少有的一个由女性成员组成的文学社团。文艺研究会主办的《文艺会刊》，虽然只出版了6期，但是延续时间长达6年。《文艺会刊》发表如蔡元培、李石曾、黄炎培、陈宝泉、胡适、约翰·杜威等名人学者的演讲笔记。鲁迅1923年在女高师所作的著名演讲《娜拉走后怎样》，最早就是以演讲笔记的形式发表在《文艺会刊》第6期上的。在文艺研究会中，产生了一个对现代女性文学作出重要贡献的女作家群体，如庐隐、冯沅君、苏雪林、石评梅、陆晶清等，她们是时代号召下最早的女性觉醒者，为后来中国女性文学的发展奠定了基础。

4月18日　教育部准令北京女子师范学校改名为北京女子高等师范学校，即日筹备改组。

4月20日　校友会德育部成立平民学校，由本科学生分任教授管理之责，学校派职员、工友各一人负责日常工作。

5月4日　我校学生参加了五四运动。

9月　北京女子师范学校正式改名为北京女子高等师范学校（后简称女高师），成为中国历史上第一所由国家正式设立的女子高等教育机构。自此，女高师开始了由中等层次的师范教育机构向高等层次的师范教育机构迈进的改造。该校将原有的国文专修科二年级改为文科国文部一年级，除去原来的24名学生外，加上13名选科生，共计37人。此时，全校共有学生260人，职员26人，教员45人，其中兼职教员3人。

本月，成立"平民教育社"，前后延续5年之久；10月10日，创刊《平民教育》，前后共出版73期。

本年度

陈锺凡升任女高师国文专修科级部主任，聘请胡适到国文部教授"中国哲学史"。1920年秋，还聘请李大钊来校讲授"社会学""女权运动史""伦理学"等课程，聘请了周作人、蔡元培、陈独秀等来国文部任教或演讲，营造起女高师浓重的学术氛围。

1920年

1月6日 　周作人应附中少年学会邀请，作题为《新文学的要求》的讲演。

9月15日 　教育部令准北高师将各部学科改行单位制。各部各科之学科，分别为必修科、选修科。以主要学科为必修科，余均为选修科。原设预科改为本科1年。更分补习科为文、理二部，以使学生有所关注，并可就能力之所及，增进其程度。

10月9日 　教育部令准女高师附设补习科。为推广女子教育，招收在中学卒业或有相当程度者入学。补习学科分国文、英语、物理、化学、博物五科。

1921年

1月12日 　鲁迅第一次到北高师讲授小说史，任教直至1926年8月2日。

7月 　女高师缪伯英转为共产党员，她不仅是中共北方区第一名女党员，也是中国共产党最早的女党员。

8月24日 　批准女高师于暑假后招收国文部预科1班40名。

10月 　《高师内部改组计划草案》共七章，将本科之六部总分为文、理两院，修业年限各为4年。研究科则设教育、文、理三部，修业2年，授予学士学位。三部内分9科，即教育、国文、历史、外国文学、数学、物理、化学、生物、地质矿物学。

1922年

3月20日 　学校筹组文科补习学校，为秉师范生服务社会之精神，以辅助青年补习国文、英语、史地诸学科为宗旨。补习学校分国文学科、英语学科、史地学科三部分，以北高师校长为名誉校长，国文、英语、史地三部主任为名誉主任，三部助理员为名誉赞助员。26日选出第一届正式职员，均由学生担任。

3月27日	教育部令准女高师废止预科、选科，现有选科生一律改为本科，免收膳费，以后不再添设选科。
4月3日	第一届教育研究科毕业。是中国第一届"教育研究科"毕业生。
5月	修改组织大纲、学则概要和课程标准。本科分四年和六年两种。四年科设教育系、国文系、英文系等，均为4年毕业；六年科略异于四年科，授学士学位。
7月9日	夏令学校（即暑期补习学校）开学。
7月18日	许寿裳任女高师校长。
9月	教育部通过了北高师校长李建勋所提《请改全国国立高等师范为师范大学案》。
10月25日	接教育部令，开始筹办师范大学。
本月	新图书馆落成。中文旧籍848部1200册，中文新籍2527部3682册，日文书籍2360部2917册，英文书籍4395册，德文书籍101册，法文书籍22册。
11月2日	大总统公布《学校系统改革案》，即"壬戌学制"。
11月4日	教育部公布《筹备北京师范大学校委员会章程》。
12月2日	教育部令准女高师停办补习学校，改设补习科。

本年度

许兴凯、冯品毅等一批团员转为党员，成为北高师最早的一批共产党员。

1923年

3月5日	补习学校"乐群预备学校"开设第二期，为高级班71人，初级班32人。
本月	女高师评议会决定改办女子大学，从本年度开始招收大学预科生：文理科各1班、师范科体育学系1班。
5月	颁定《国立北京师范大学暂行组织大纲》，该大纲规定：课程采用学分制，以每学生每周上课1小时及需要自修时间1小时至2小时，历半年者为1学分。预科共习106学分，初级大学习80学分，高级大学习70学分。
7月1日	北京师范大学举行成业典礼，宣告正式成立。此亦为硕果仅存的高等师范学校。

9月28日　北京师范大学开学。

10月　　鲁迅到女高师任教。7月应许寿裳之聘兼任国文系讲师，开设"小说史"课程，任教至1926年8月。

12月8日　批示北师大实验国语教科书8册、附册1册。

12月26日　鲁迅应女高师国文系学生组织的文艺会的邀请，发表了他在女师大第一次演讲《娜拉走后怎样》。演讲结束后，学生们连续公演《娜拉走后怎样》3天，场场爆满。

本年度

国语统一筹备会组织成立"国立罗马字拼音研究委员会"，黎锦熙、钱玄同等11人为委员。同年，黎锦熙首创并领导国语统一筹备会设立国语辞典编纂处。

《国语月刊》第一卷第七期"汉字改革号"特刊出版。钱玄同教授主张汉字改用字母拼音，以作"根本改革"，同时他大力提倡写简体字。

1924年

1月3日　　北师大董事会成立。董事会成员：梁启超、李石曾、熊希龄、袁希涛、张伯苓、王祖训，并派部参事邓萃英、司长陈宝泉为董事，校长范源廉为例任董事，公推梁启超为董事长。国立大学中，北师大为第一所创立董事会的大学。

2月20日　杨荫榆被委派为女高师校长，成为中国第一位女大学校长。

3月6日　　女高师董事会成立，聘任王章祐、毛邦伟、朱其慧、沈景英、杨荫榆、梁启超、谈荔孙为董事。教育部派司长陈宝泉、图书审定处审定员沈步洲为女高师董事。

5月1日　　令准女高师改为女子师范大学（后简称女师大），杨荫榆为校长。

6月　　　修订并公布师范大学组织大纲，共有9系。

7月29日　令准《女子师范大学组织大纲》试行。女师大学设数学、物理学、化学、生物、地质学、教育学、哲学、史学、国文学、英文学、音乐、体育12系，修业年限4年。大学预科设甲乙二部，修业年限2年。本校本科毕业学生为学士。办学宗旨：（1）养成中等学校师资；（2）养成教育行政人员；（3）研究高深学术；（4）发展女性特长。

本年度

黎锦熙在上海中华书局出版《新著国语文法》，这是他在借鉴了英国语法学家纳斯菲尔德的《英语语法》，并继承马建忠《马氏文通》的基础上，为探索白话文规律而撰写的第一部有创造性、有影响的现代汉语（白话文）语法著作，被学者誉为"五四新文化运动的鸣钟之一"。

1925年

1月13日	华北五大学（师大、燕大、北大、清华、协和）国语辩论会举行，师大正组胜协和反组。
1月23日	女师大部分学生代表赴教育部请愿，请求杨荫榆离校。请愿未获准许。
3月25日	女师大哲教系游艺会在新民剧场演出《爱情与世仇》（即《罗密欧与朱丽叶》）。鲁迅先生前往观看。
4月16日	北师大国语演说决赛在风雨操场举行。评判员有北大教授袁同礼、师大教授汪典存等，主席为师大教务长查良钊。魏江渔获第一名。
5月12日	鲁迅到女师大参加会议，并作《为北京女师大学生拟呈教育部文》，列述杨荫榆之罪状，要求"恳即明令迅予撤换，拯本校于阽危，出学生于水火"。
5月27日	《对于北京女子师范大学风潮宣言》在《京报》发表，该宣言由鲁迅拟稿，并邀请马裕藻等6名教师签名。
8月1日	杨荫榆带领军警入校，宣布解散大学预科甲、乙两班，以及女高师国文科三年级和大学教育预科一年级各1班。
8月6日	北洋政府内阁决议，决定停办国立女子师范大学，由教育部派员接收。
8月21日	鲁迅、钱玄同、马衡、沈尹默、顾孟余等41人发表宣言，不承认章士钊为教育总长。
本月	鲁迅等人组织成立"女师大校务维持会"。女师大被宣布解散后，鲁迅、许寿裳、马裕藻等教师在报子街的女师大补习学校设立临时办事处，筹备招生和开学。
9月21日	女师大租定阜成门内南小街宗帽胡同14号为校址，在校务维持会的主持下，举行开学典礼，鲁迅在会上讲话。当天到会的师生、家长和各校代表达200多人。
本月	北大教授刘半农组织语音学团体"数人会"，北师大钱玄同、黎锦熙均为会员，开始研究"国语罗马字拼音方案"。

12月24日　临时执政府令"国立北京女子大学及国立北京女子师范大学均着继续兴办，着财教两部迅筹办法呈报"，并撤销杨荫榆校长职务。

12月31日　易培基任教育总长，并兼女师大校长，欢迎宗帽胡同的护校女生复校。

本年度

钱玄同、黎锦熙等创办《国语月刊》（《京报》副刊之一），提倡"丰富的、美丽的、新鲜的、自然的"民间文艺。

1926年

1月13日　女师大开会欢迎易培基任校长，教务长许寿裳主持大会，鲁迅代表校务维持会致欢迎词，许广平代表学生自治会致辞。持续一年的女师大风潮宣告结束。

3月8日　女师大选举林语堂为教务长，接替许寿裳。

3月18日　三一八惨案爆发。

3月25日　举行刘和珍、杨德群两烈士追悼会，许寿裳主持、鲁迅在会后作《记念刘和珍君》。

5月30日　鲁迅在"五卅"纪念会上讲话。

7月1日　由国文、英文、史地三系高年级学生开办的第十期文科补习学校开学。

7月2日　教育部聘熊希龄、王宠惠为我校继任董事。

7月14日　《世界日报》刊载我校文科补习学校开办以来成绩甚著。本届暑期班特设儿童文学一科，由文科主任李遇安担任讲授，并以北京儿童报社编辑之《儿童周刊》为教材。

8月　鲁迅离开北京南下，结束了他在两师大的教授生涯。

10月16日　国立女子学院师范大学部聘请黎锦熙为国文系主任。陈衡哲、林砺儒、王谟、谢冰莹为教授。

10月23日　教育部训令：女子师范大学所办之国文研究科成绩甚佳，自女子学院成立即拟将该班裁省，以节经费，但为免学生半途而废，将该项学生送入师大研究科肄业。

本年度

全国国语运动大会在北京召开，黎锦熙作了题为《全国国语运动大会宣言》的长篇演讲。这次大会通过了"数人会"拟定的《国语罗马字拼音法式》，后来由国语统一筹备会两次公布。钱玄同、黎锦熙、赵元任等人决定以北京音为国语标准音，这项成果成为中华人民共和国成立后广为推行的《汉语拼音方案》的基础之一。同年，黎锦熙创编的中英文对照的《国语四千年变化潮流图》，作为当年举办的美国费城世界博览会中国教育陈列品之一，获该博览会颁发之奖状与奖章。黎锦熙还撰著了《国语文法例解详解》一书（中华书局出版），以著名女作家冰心的早期散文《笑》为文本，用"图解法"对汉语语法进行了清晰的解释。

1927年

1月10日　女师大评议会召开成立大会，毛邦伟、艾华、吴筱明、张敬虞、黎锦熙、白眉初、王文培、傅铜、刘吴卓生9人被选为评议员。

2月　女师大改组后，原来8系合并为文理两科。经学生多次要求，评议会决定恢复分系制，暂设教育哲学、国文、外国文、史地、数理化5个系。

4月28日　奉系军阀杀害李大钊等20人，包括我校学生谢伯俞（北师大党支部书记）、吴平地和张挹兰（女师大学生）。

5月21日　女师大平民学校成立。

6月12日　北师大部分学生创办升学预备学校，校址设在师大校内，他们利用暑假为中小学校毕业生补习功课，帮助其升学。

7月　教育总长刘哲呈请大元帅府将京师原有的9大学合并为国立京师大学校，其下分设文、理、法、医、农、工六科，师范一部，商业、美术两专门部；女子师范分设第一、第二两部。随后，教育部成立国立京师大学校筹备委员会，原北高师校长，时任教育部普通教育司司长的陈宝泉被任命为师范部筹备员。

8月　京师大学校合并，教育部长刘哲兼任校长。北师大改称京师大学校师范部，张贻惠为师范部学长。女师大改称京师大学校女子第一部，毛邦伟任学长。

本月　女子第一部国文系主任聘定黎锦熙。

9月　师范部事务教务两方面组织就绪。

11月27日　《世界日报》报道，国立京师大学校（此条新闻发布时，北京各大学均已合并）师范部附设之平民学校，开办以来已历8载，毕业生700余人，肄业学生300余人。教育部对名不副实的平民学校严加取缔，师大的平民学校成为仅存硕果。

12月23日　女子第一部公布新的考试规则。

1928年

6月　北师大恢复国立北京师范大学校名。

7月19日　南京国民政府议决北平各高校合组为"国立中华大学"，李煜瀛为校长，李书华为副校长。

7月22日　邵力子在风雨操场演讲，提出："学生不求高深之学问，实为中国前途之大患"。

本月　师大请求独立办学。

9月21日　国民政府议决国立中华大学改称为国立北平大学，并通过《北平大学区组织大纲》（大学区辖河北、热河两省及天津、北平两特别市），李煜瀛仍为北平大学校长。

本月　女师大改为国立北平师范大学第二部。

11月　北平国立九校与俄文法政学校（北平法政学校）、天津北洋大学、保定河北大学合并为国立北平大学，改组为11个学院和5个附小。北京师范大学改称国立北平大学第一师范学院，黎锦熙为院长，旋辞职。后请张贻惠为院长。女师大改称国立北平大学第二师范学院，李书华为代院长。

1929年

1月29日　陈垣就任史学系主任。

2月19日　我校学生因请愿增加预算与大学办公处门警冲突，5人被捕，学潮又起。

6月2日　鲁迅在第二师范学院演讲，希望青年将眼光放大，学识、理论不可固持偏见，不可为少数人不值之牺牲，须为大多数利益而牺牲。

6月　国民党第三届执委会第二次全体会议议决废除大学区制。

8月7日　国民政府行政院第32次会议议决国立北平大学拆伙，各校独立办学。

9月9日　北师大重新成立评议会。

11月14日　应学校文艺团体人间社的邀请，黄庐隐在我校第五教室做了题为《天才与恋爱》的演讲。

12月14日　教育部批准北平大学第二师范学院改称国立北平大学女子师范学院（后简称女师院），徐炳昶为院长。

本年度

北师大学生发起，并联络各校进步学生30人组织"我们的读书会"。为防敌人识破，又用英文our的译音称作鏖尔读书会。出版刊物《鏖尔》，不久改名《转换》。

1930年

1月31日　《女师大学术季刊》创刊，徐炳昶为刊物撰写卷头语。

2月17日　国民政府任命李煜瀛为北师大校长，暂派李蒸代理。

3月26日　女师院决议成立研究所，徐炳昶兼任所长。购买校园附近石驸马大街乙90号，原镶红旗都督署为研究所办公地点，并于11月迁入办公。

5月8日　女师院讨论通过研究所章程。

5月20日　女师院聘国文系主任黎锦熙、高步瀛，史地系主任王桐龄，外文系主任王文培，教育系主任杨荫庆为研究所委员会委员，所长徐炳昶，副所长黎锦熙。

6月4日　女师院研究所召开成立大会，研究所宗旨为"提高本院毕业生之程度，及增进对于学术界、教育界之贡献"。研究所暂定分为8组：1. 工具之学；2. 语言文字学；3. 史学；4. 地学；5. 哲学；6. 教育学；7. 文学；8. 民俗学。各组之下又分若干细目，如语言文字学下分形音义、文法、语根、国语、土语、学史、译语、词典、译述等。

11月1日　女师院研究所迁入石驸马大街乙90号办公。

12月23日　女师院研究所审定录取7人。

本年度

《师大国学丛刊》第一卷第一期出版，公布国学学会简章、捐款人姓名。

1931年

1月1日　《女师大旬刊》创刊。

2月9日　教育部订正整理北平大学各学院7项办法，包括女师院及附属学校与北师大合组为国立北平师范大学。

2月10日　教育部训令合组国立北平师范大学。

2月16日　教育部令筹备改组，两校合组。

2月21日　徐炳昶被任命为北师大校长。

3月18日　女师院在石驸马大街校园内修建纪念碑，纪念刘和珍、杨德群。

4月3日　国立北平大学第一部（北师大）和第二部（女师院）联席会议召开，决议：组织本校20年度预算委员会、组织计划委员会等。

5月15日　《师大国学丛刊》第一卷第二期出版，公布国学学会职员名单。

5月26日　两部教务联席会议决议：各系课程至多以60小时为限，每系以4班为标准。

5月30日　联席会议决议各系实设科目时数：国文系89小时。

6月6日　教育家邱怡爽等提出6月6日为教师节，目的在于"改良教师待遇，保障教师地位，增进教师修养"。不久，国民政府改教师节为8月27日（孔子诞辰）。1985年9月10日是中华人民共和国成立后的第一个教师节。

7月1日　两师大正式合组。文学院开设国文系、外国文学系、历史系、社会科学系。钱玄同为国文系主任。文学院在宣武门内石驸马大街，黎锦熙为文学院院长。黎锦熙、钱玄同、李建勋、刘拓、李顺卿、程廼颐、傅铜、朱希祖等教授为研究委员会委员。

7月3日　学校布告：两师大合组为北平师范大学，过渡时期名义取消。

7月20日　通过《国立北平师范大学研究院章程》。

9月14日　合并的北师大举行开学典礼。黎锦熙在会上说明师大与其他大学的区别。

9月19日　社会学系主任由黎锦熙代理，许德珩协助，潘怀素任教授。

11月13日　两校（北师大、女师大）将京师大学堂师范馆开办日定位新校庆。

1932年

3月3日　徐炳昶、钱玄同等教授致电国民政府，请求立即抗战。

7月15日　李蒸任校长。

7月22日　文模在《世界日报》发表《我对于师大的意见》，对师大在高等教育中的地位、存在问题及发展方向进行了分析。文章指出：师范大学与普通大学的区别在于师大除了研究高深教育学术之外，更肩负传播学术的责任。

7月25日　行政院讨论教育部提出的北师大停止招生的议案。

7月26日　校务整理委员会召开成立大会，会议通过了《国立北平师范大学校务整理委员会简章》，草拟《国立北平师范大学整理计划书》。

《国立北平师范大学整理计划书》提出了整理方针和原则，认为今后的北师大要"充分表现师大之特性，即师大之组织、课程、训育、教法等，必与其他大学显有不同"，同时要"保持其固有之精神"。师大办学的目的：1. 造就中等学校良好师资；2. 造就行政人才；3. 培养教育学术专家。在训育方面，力求训练之严格，以养成整肃勤朴之学风，庶能奉公守法，以身作则。在教法方面，教学法力求理论与实际之联合；学术科教员，应随时指示学生，注意中等学校之教材与教法。

教育部训令北师大改"研究院"为"教育研究所"，承担两大任务：一是培养有关教育学术之专家；二是为其他大学毕业有志教育事业者设特别班。师大各院系毕业生一律称教育学士，而研究所得按其上课的时间、研究的性质与分量，授予教育硕士与教育博士。

8月1日　北师大接到教育部关于停止招生的训令：设施不完善，学潮迭起，教育内容与普通大学无异，名不副实，特令整顿。还令饬各省区为北师大选送的新生，分送其他大学。

同日　校务整理委员会开会，开始教务整理，教务委员会包括黎锦熙、钱玄同等。

8月5日　李蒸返平，介绍教育部决议的情况。

8月11日　学生自治会召开护校委员会会议。

8月12日　北平的北师大毕业生在文学院礼堂开大会，100多人参加。

9月14日	校务会议通过《国立北平师范大学研究所委员会章程》《国立北平师范大学研究所研究生细则》《国立北平师范大学研究所纂辑工作细则》等规章。
10月	钱玄同、黎锦熙撰写《师大研究院历史课学门一年之经过及今后"教材纂辑工作"之计划》。
11月	《师大月刊》第1期出版，李蒸发表"发刊词"。
11月6日	教授会召开紧急会议，商讨整理校务。
11月9日	我校教授王桐龄、钱玄同等38人呈文教育部，说明师大学制不能更改，指出师范大学具有特殊任务，是普通大学所不能代替的。
11月17日	学生自治会执委会决议发起护校运动。
11月23日	学生自治会致函毕业生，呼吁建立分会护校。
11月25日	自治会决议进行护校演讲。
11月27日	鲁迅应师大文艺研究社邀请，在教理学院操场演讲，题目为《再论第三种人》。演讲地点本来在风雨操场，后因无法容纳而转移到露天广场，听众达2000多人。此次演讲为1932年鲁迅在5次演讲中规模最大、听众最多的一次。
12月9日	世界语学会召开会议，议决内容为：请学校将世界语列为公共选修课，购置世界语书籍，扩大世界语宣传；通过排演世界语戏剧，参加33周年纪念活动，以及职员职务分配等提议。
12月17日	李蒸在北师大33周年纪念活动致辞。
12月18日	国民党中央组织委员会在四届三中全会提出《改革高等教育案》，涉及国立北平师范大学停办事宜。
12月21日	对教育提案讨论的结果为：明确师范学校独立设置，师大学生恢复公费待遇。现有师范大学应力求整理与改善，使其组织、课程、训育各项，切合于训练中等学校师资之目的，以别于普通大学。《确定教育目标与改革教育制度案》有一系列规定。
本月	李蒸上报教育部《国立北平师范大学整理计划书》。 社会学系代主任马哲民，教授许德珩、侯外庐被捕。 教育部公布由钱玄同主持修订和审定，黎锦熙、白涤洲参加意见的《国音常用字汇》，计9920字，加上异体异音，共12220字，对国语运动以往成就的总结、继承和今后的发展都有重要意义。

本年度

刘汝霖编撰的《汉晋学术编年》出版,该书为北师大研究所丛书之一。

1933年

1月1日　黎锦熙为《师大月刊》第2期(文学院专号)撰写《文学院概况》。

本月　　《师范教育论》结集。

2月20日　李蒸在纪念周上说明,学校将根据教育部规定,修改课程标准,并准备在普通毕业文凭外,增发主副科文凭各一张,以便学生就业。

本月　　教育部计划将北师大迁往西安,学校坚决反对。

3月6日　召开课程标准委员会议,由黎锦熙、刘拓分别审查中学师范文理科课程标准。该委员会由校长聘任,李蒸、李建勋、黎锦熙、刘拓、袁敦礼、康绍言、徐金渌7人组成。

3月15日　北师大师生急起护校。

5月2日　宪兵到校逮捕"师大生活社"正在文学院开会的会员,共14人,搜出中国共产党六大决议等文件。

5月12日　学校召开教务会议,决议内容:课程标准及学分标准,修养课程占比例10%,体育为6分,教材类占66%,专业类占23%,毕业总学分为146分。

6月25日　教育部同意北师大下学期继续招生,对各院招生比例规定为:文、理学院招生人数不得超过教育学院;社会学系下届停止招生,学生转系;研究院因经费缩减改为研究所;奉部令增设音乐、工艺两系。

本月　　取消史地系,暑假后设了10个系。

8月2日　学校聘定各系教授,并发布布告。

8月25日　《世界日报》刊文《师大应规定录取女生名额》,认为女生入学比例减少,势必影响女子教育的发展。

本月　　学校重新修订北平师范大学《组织大纲》和《学则》。设立3个学院11个系。文学院设国文系、外文系、历史系。

学校设教务会议等5种会议。校务会议有各系主任参加。

《学则》对课程做出了详细规定。学校课程"兼采学分制及学年制"。每门课程、以每周上课1小时，需要自修时间2~3小时，历半学年者为1学分。本校学生，在四学年中须修满146学分，方得毕业。每个学生每学期选修课目学分，至少18学分，至多不超过22学分。学生除选一主科外，应选其他一科为副科。

学校课程按必修、选修、主科、副科分为四种，具体为：（1）公共必修科，占50学分；（2）主科，占50~70学分；（3）副科，占20~30学分；（4）自主选修科，占8~16学分。学校课程按内容分为三类：（1）修养类，包括党义、哲学概论、社会科学概论、自然科学概论、卫生、体育，占全部课程的10%，共16学分。（2）教材类（即现在所说的专业课），占66.7%，共96学分。（3）专业类，包括教育概论、教育心理、教学法、中等教育、教育史、教育行政、儿童及青年心理、参观、实习等，占23.3%，共34学分。

9月6日　续聘文元模、李顺卿、陈垣、凌善安、杨荫庆等人为教授。

9月13日　史学系聘陶孟和、张星烺、胡道维、张景汉等，特约陈垣。

9月30日　《师大月刊》（文学院专号）第6期出版。

10月　学校秘书处决定设立毕业生事务股。近期对毕业生调查结果公布，两校共毕业学生为3706人（含未合并前师大2389人，女师大839人），在教育界服务的学生占总数的67%。

10月28日　本年度各院系注册人数统计：文学院417人。合计864人，其中女生269人。

11月18日　国语演说竞赛举行，萧廷奎以"新疆问题的探讨"获第一名。

1934年

1月　《师大晋声》杂志创刊。

2月12日　国文系和外文系军训科目移至文学院进行，"树常奖学金"专奖励军训勤课学生。

2月16日　注册课对教员上课请假情况进行统计，其中国文系及修养类课程教员请假最多。

2月19日　文书课统计教职员人数，总数为242人，其中教员为128人，职员114人。

3月26日　民国二十二年教职员为294人，学生842人。

3月31日　《师大月刊》（文学院专号）第10期出版。

4月22日　学校在来今雨轩宴请在校服务满20年的教职员，教员为马裕藻、钱玄同、王桐龄、杨立奎。

4月24日　学生生活指导委员会开会，核定文学院学生组织"国立北平师范大学学生主办文学院暑期补习学校"等事。

5月25日　修改校歌、修改校徽等。

6月8日　教育部令北平大学、北平师范大学合组职业教育师资训练营。

6月19日　修订各系名称。

7月6日　教育部指令燕大和北师大进行改进。

7月15日　本年度暑期讲习班及中等学校理科教员讲习班正式开班。

7月29日　胡适在暑期班演讲《习惯在知识生活的地位》。

10月12日　研究所编纂员白涤洲赴内蒙古考察期间，感染伤寒病逝。

10月30日　《师大月刊》（文学院专号）第14期出版。

11月1日　学生生活指导委员会指定国语辩论会题目为："中华民族复兴应从乡村建设入手""国民军训应强迫实行"。

11月2日　聘定国语辩论会评委，名单：李建勋、黎锦熙、刘拓、李飞生、鲍明钤、杨立奎。

11月4日　国语辩论会举行，正方获胜，张光涛为个人第一名。

11月12日　国语促进会为白涤洲举行追悼会，黎锦熙主持并演讲其生平；钱玄同总结白涤洲在文字学、语音学和方言研究的贡献。

11月19日　学校公布各委员会名单。

11月21日　学生生活指导委员会准学生呈组办国剧研究社备案。

11月30日　国剧研究社成立，聘苏镜清为指导，黄潭等为研究员，剧社首先排练《法门寺》。

12月4日　学生生活指导委员会决定定期成立新剧研究社。

12月7日　新剧研究社成立，熊佛西担任指导员。

同日　国剧研究社首次召开会议，讨论会址、练习时间及选举干事。

12月13日　胡适来学校演讲《印度禅》。

1935年

2月4日　文书课公布教职员人数统计，总数为226人。

3月4日　国剧研究社排练《汾河湾》《法门寺》《斩龙袍》《南大门》《骂店》等剧目，定期公演。

3月13日　生活指导委员会议决定期举行国语、英语演说竞赛，以及具体事项。

4月12日　国语演说竞赛结束，题目为"文化与民族复兴""中国目前之最需要的文化建设"，第一名王鸿达。

4月28日　国乐研究社在风雨操场演出，听众达700余人，无线电台同时转播。

4月30日　《师大月刊》（文学院专号）第18期出版。

5月4日　国剧研究社在风雨操场举行首次公演，校内外听众一千余人。

5月23日　教务会议决议组织暑期教员讲习班委员会，由黎锦熙等人组成。无国文组。

6月4日　学生生活指导委员会准予学生主办文学院暑期补习学校备案，举行学生课外活动给奖大会。

同日　过卿撰文介绍《师大话剧研究社》。

7月29日　学校召开第十一次事务会议，决定文学院减少男生宿舍，取消白庙胡同宿舍。

8月16日　《世界日报》开辟《师大新剧社公演》专页，介绍演员和剧目。

8月31日　校务会议：历史系移至文学院；黎锦熙代钱玄同兼国文系主任。

10月15日　黎锦熙在纪念周报告校务，国语辩论会题目："第一期义务教育，应以16岁之青年为对象，其年限亦应改为2年"。

10月26日　《世界日报》出版《国立北平师范大学国乐研究社第一次国乐演奏会特刊》，柯政和撰文介绍《国乐演奏会的宗旨》，李蒸为特刊题词。

11月1日　我校与女一中、贝满女中、清华、燕京等十所大中学校自治会发表《平津十校学生会自治会为抗日救国争自由宣言》。

11月14日　学生生活指导委员会议决同意学校为昆曲研究社聘请导师，准国文学会备案，准新剧研究社改选干事备案。

12月9日　一二·九运动爆发。示威归来，北师大学生决定成立学生自治会，于刚当选为执委会主席，执委有姜文彬、阎世臣、张修义、杜书田等。

1936年

2月1日　中华民族解放先锋队在文学院召开代表大会，敖白枫担任总队长，北师大多人参加。

4月30日　《师大月刊》（文学院专号）第26期出版。

5月4日　黎锦熙在纪念周上发表《五四运动的历史意义》讲演。

6月30日　《师大月刊》（文学院专号）第27期出版。

9月14日　注册课公布新生复试试题。

10月12日　黎锦熙在纪念周上报告校务，包括演讲学校及全国语文教育等。

10月25日　生活指导委员会决定定期举行国语辩论会，题目为"中小学师资应由国家统制训练"和"先秦法家思想较儒家思想更为适合于社会生活的需要"，并指定评定标准。

10月26日　钱玄同撰《我对于周豫才君之追忆与略评》在《世界日报》上发表。

10月30日　《师大月刊》（文学院专号）第30期出版。黎锦熙撰写《鲁迅与注音符号》。

同日　学生生活指导委员会召开会议，议决准予国剧研究社修正简章备案等。

11月22日　国乐研究社慰劳绥远将士演奏会，所得票款捐助绥远抗日将士。

12月30日　北平文化界救国会成立，北师大教授吴承仕等参加该组织。

1937年

4月10日　生活指导委员会准许话剧研究社改选职员备案。

4月30日　文学院添女生调养室；文学院宿舍安装太平梯。

5月　学校决定成立文理两科研究所。

9月10日　教育部训令在西安成立临时大学，北师大与北平大学、北洋工学院和北平研究院等院校为基干，在西安合组西安临时大学，指定徐诵明、李蒸、李书田、陈剑翛4人为西安临时大学筹备委员会常务委员，校务主持"由常务会议商决，系共同负责之合议制度"。设立西安临时大学的目的是"收容北方学生，并建立西北高教良好基础"。全校设文理学院、法商学院、教育学院、工学院、农学院、医学院6个学院，分散在西安三处安顿，分别称第一院、第二院、第三院。

9月17日　筹委会决定在西安城隍庙后门前一中旧址筹设西安临时大学校址，各校合并同性质系科组成13个系和医学科。

10月11日　教育部颁发《西安临时大学筹备委员会组织规程》，李蒸等为委员。设6个院、23系。

10月20日　发布招考新生布告，即日开始招生，11月1日进行入学考试。

本月	文理学院院长刘拓，国文系主任黎锦熙。第一院设在城隍庙后街4号，包括国文、历史、外语系等。
11月15日	西安临时大学举行开学典礼。
11月18日	西安临时大学正式开学上课。学校决定1938年1月10日为学生到校最后期限。后来延迟到1938年2月底，除元旦停课一天外，春节寒假不放假也不补假。
12月	我院教授吴承仕等发起"新启蒙运动"。

1938年

3月16日	西安临时大学迁移到城固，行程255千米。
4月3日	教育部下发《平津沪地区专科以上学校整理方案》，命令西安临时大学改组为西北联合大学。规定："国立北平大学、国立北平师范大学及国立北洋工学院，原联合组成西安临时大学，现为发展西北高等教育，提高边省文化起见，拟令该校逐渐向西北陕甘一带迁移，并改称国立西北联合大学。院系仍旧，经费自民国二十七年一月起由国立北平大学、国立北平师范大学、国立北洋工学院各原校院经费各支四成为国立西北联大经费。"
4月10日	校常务委员会举行第24次会议，决定本部及文理学院在城固考院。
5月2日	西北联大正式开学，在本部补办开学典礼。李书田任主席。
7月22日	教育部公布《国立中央大学设立师范学院办法》及《师范学院规程》，规定国立中央大学、西南联合大学、西北联合大学、中山大学、浙江大学自1938起各设置师范学院。师范学院设国文等8个系及劳作专修科。又令设立师范研究所（后改称教育研究所），所长李建勋，研究人员有韩温冬、许椿生等。
本月	国民政府颁布《战时教育实施方案》，决定将西北联合大学教育学院改为师范学院，李蒸兼师范学院院长。设国文等8系及劳作专修科。
9月	许寿裳、李季谷分别向军训学生做了《勾践的精神》《中国历史上所见之民族精神》等演讲教育学生。
10月13日	西北联大举办陕南六县小学教员讲习会。暑假期间开办，经费由各县分别津贴。教师由西北联大派任，各系主任选派指导委员。李蒸、李建勋、黎锦熙等进行了演讲。
10月20日	全国高等师范教育会议在重庆召开。

本月	联大公布《规定讲师授课时数及待遇办法》，每周8～12小时，但无加薪。
11月12日	黎锦熙、许寿裳撰写的《西北联合大学校歌》报部备案。"文理导愚蒙，政法倡忠勇，师资树人表，实业拯民穷；健体明医弱者雄，勤朴公诚校训崇"。
12月1日	师范研究所成立。
12月31日	师范学院学生234名，职员183人。全校1265人。
1939年1月	钱玄同逝世。西北联合大学举行隆重的追悼会，国民政府颁发了褒奖令。黎锦熙先生作《钱玄同先生传》以示悼念。
2月22日	黎锦熙代理师范学院院长。
3月	历史系发掘张骞墓。
4月	校训改为"礼义廉耻"。
6月21日	指定各系招生人数，国文等各20人。
8月14日	西北联合大学改为国立西北大学，设文、理、法商三个学院，医学院独立。师范学院独立，校址在城固。
本月	西北联合大学解体。西北师范学院设立10个系1个专修科。又设立"西北师范学院第二部"，招收中学教师等进行培训。国文系主任为黎锦熙。
9月23日	教育部命令颁发西北师范学院分系必修科及选修科目表和实施要点。

1940年

1月8日	教育部电令学校，整理古代文化学术和现代科学方法，并与西洋学术进行比较研究；收集通史、断代史、专史等资料，充实教学内容等9项要求。
1月16日	刊登关于钱玄同逝世的校友信函。
3月1日	王汝弼致函黎锦熙，悼念钱玄同，并附诗六首。
4月3日	教育部命令西北师范学院迁设兰州，原甘肃学院的文史教育两个系并入西北师范学院，本年暑假办理完毕。
6月8日	教育部长陈立夫来校宣讲"礼义廉耻"。
本月	李蒸选定兰州西郊6千米处为迁设新址。

10月14日　黎锦熙担任教务主任。

11月10日　著名古典文学家高步瀛逝世。西北师范学院称其"足扶持国家正气，实为青年师表"，上报教育部请求国民政府"明令褒扬，以资激励"。

　　12月　金澍荣、谭戒甫、杨立奎等出席院务会议。

1941年

　1月19日　在城固邯留乡成立乡村社会教育施教区，近1000人参加开幕仪式。

　2月12日　组织中等学校国文教学实习委员会，调查中学国文教材、教法等事项。

　　4月7日　城固本部不再招收新生。

　　6月3日　教育部公布《部聘教授办法》，次年黎锦熙成为第一批部聘教授，本批共30人。

　　8月1日　推举黎锦熙等拟订本区中等教育辅导计划及实施方案；

12月13日　新年金石书画展览筹备会举行。

本年度

中外教职员增加到283人，在校男生增加到1368人，女生增加到899人，共计2267人。

1942年

　3月15日　《国立西北师范学院学术季刊》创刊，刊有教育、文学、理科等论文。

　3月23日　中等学校国文教学实验委员会召开会议，决议通过在附中进行讲读实验，规定实验班级等方面。

　3月31日　《西北师范学院院务报告》第40期出版，刊登内容为：教育部颁布注音运动命令、汉字改称国字命令、修正学校教职员养老金及恤金条例；小学教育通讯研究处招生；本院学术季刊创刊号总目。

　5月31日　国语注音符号讲习会成立。

　　　9月　学校添设国文、史地、理化三专修科。

12月17日　西北师范学院召开"师大及本院40周年纪念日"庆祝大会。

1943年

5月15日　《说文月刊》第3卷第10期发表何士骥的《修理张骞墓工作报告》。

本年度

教育部颁布《师范学校附设中心学校及国民学校教员进修班及函授学校办法》。

1944年

7月15日　教育部训令，要求学校增设国语专修科。

11月　学校向兰州迁移完毕。西北师范学院除之前10系1科之外，还有国文、史地、理化、国语、体育5
　　　个专修科（国文、史地、理化三科初设时名"初级部"），以及劳作师资训练班、优良小学教师训
　　　练班和先修班，学生1000余名，教职工225人。

1945年

6月　《甘肃青年》刊登《国立西北师范学院之简史与校风》，校风为"实事求是，埋头苦干"。

8月　李蒸奉调离任，院务由教务主任黎锦熙代理。

9月6日　抗战胜利后第一个新学年开学，注册学生达2271人。

11月21日　教育部特派员沈兼士、接收委员陈雪屏接收北师大，因学生对接收后的安排不满，致使接收没有
　　　　　结果。

11月22日　北师大被接收后，暂称北平临时大学第七分班，汤茂如出任七分班主任。

12月1日　李宗仁参加师大联欢会，并致训词。希望同学团结一致，克服困难，达成"建国事业，教育第
　　　　　一"的使命。

12月3日　朱家骅对记者谈，北师大将留在兰州，为保留师大传统，在校址上另成立北平师范学院，将来如
　　　　　能增设三院，亦可改称大学。

同日　第七分班公布组织系统和人员安排，原13系合并为11系，历史地理两系合并为史地系，物理化学两系合并为理化系，工艺系改为图画劳作系。

12月17日　七分班国文系改聘梁启雄为主任，图书馆主任为张鸿来，张国璘为斋务股长。

1946年

1月7日　西北师范学院师生于上月底因复校无果而罢课，要求恢复校名，并在北师大原址复校，恢复李蒸校长职务。

1月8日　七分班举行国语演说辩论会，题目为"青年与建国""现代青年之责任"。

1月25日　李蒸辞职，教育部请黎锦熙继任。

2月8日　教育部令北师大在原址复校，改名为北平师范学院，院长袁敦礼；西北师范学院久设兰州，黎锦熙任校长。

2月8日　教育部特派员沈亦珍督学到兰州商讨北师大复员问题，决定校名维持北平师范学院。经过一段时间的筹备，分设三个院后，决定再改师大名，再定校址、校长等。

5月20日-6月1日　为派赴台湾推行国语，西北师范学院举办"暑期国语讲习讨论会"，学习讨论注音符号、国音练习、矫正方言、注音符号教学法、国语语法、国语运动史、国语练习等，后选派10余人赴台推行国语。

6月1日　黎锦熙正式担任西北师范学院院长。

7月1日　国立北平师范学院在北平厂甸（北师大原址）正式成立。教育部社会教育司司长黄如今暂时代理院长职务。招生名额在200～250人，师生待遇不变。

7月13日　招生委员会召开会议，决定各省、各地区分区招考，每系招收30～40人；

7月18日　北平师范学院聘定教授，国文系主任黎锦熙，英文系主任梁实秋。

同日　收回石驸马大街原文学院校产，92军野战医院迁移他地。

同日　国、史、教招考研究生人数为20人。

8月13日　黄如今、张德馨、关辅德等赴长春筹备长春大学。

9月18日　北平师范学院开学日期，取决于聘任教授来北平日期。

9月26日　西北师范学院学生200人由徐英超教授率领，经解放区抵达北平，北平师范学院全体师生在校门口欢迎，高唱校歌，高呼师大万岁。

10月8日　石驸马大街校舍整修完毕，教职员入住。各系积极增加设备，准备开学。

10月13日　复员后的北平师范学院设立国文、英语、历史、地理、数学、物理、化学、博物、教育、体育、音乐、家政12个系和1个劳作专修科；取消公民训育系，成立保育系。国文系主任黎锦熙。

　　　　　北平师范学院学生共912人。其中西北师范学院转入学生284人，其他16人。

10月22日　《世界日报》发表文章《师院国语速记研究会简介》。

10月29日　袁敦礼在复校开学典礼上演讲，教务长黎锦熙提出四个口号：课程第一，出版第一，技术至上，创造至上。

12月3日　袁敦礼谈西北师范学院国语专修科开办后成绩良好，毕业生已有十余人赴台推行国语运动。现北平师范学院遵教育部指令推行此项教育，增设国语专修科，即将开始报名。

12月5日　黎锦熙担任国语专修科主任，该科课程、学分标准均已制定，学时为两学年，共16分。

12月14日　复员后首次院务会议召开，发起公葬钱玄同、高步瀛，及出版刊物等动议。

12月21日　国语专修科发榜，共录取29人。

1947年

1月21日　教育部令师院培植国语师资，通令执行"促进注音汉字推行办法"。

2月19日　学校成立聘任委员会，教务主任黎锦熙成为委员。

3月15日　文化教育界联合公葬钱玄同、高步瀛。

3月22日　学校筹备本年师范教育运动推行周，活动项目包括文艺演出、演讲比赛、师范教育座谈会等。

3月28日　师范教育运动推行周安排的讲演有：金澍荣演讲的《欧美师范教育之起源》、黄国璋演讲的《时代赋予吾人之使命》。还有安排文体活动：话剧《雷雨》、篮球比赛、乒乓球比赛等，以及教育座谈会。

　　本月　各系科开始利用电影辅导讲学。

4月4日　师范教育运动推行周举行教育座谈会。

5月7日　"复大"运动开始。

5月20日　我校师生参与"反饥饿，反内战"游行活动。王汝弼、叶丁易等参加。

5月29日　我校黎锦熙、叶丁易等参与《平津各大学教职员五百余人呼吁和平宣言》。

5月31日　教授会选举干事，黎锦熙、焦菊隐、王桐龄等当选。

6月28日　社会教育推行委员会召开会议，从国文等系三年级学生中选派12人，利用暑假进行各科实验工作，在本区内教育失学的学龄儿童，使其在三周内能够阅读"国语小报"；本区办公地点为冉村。

8月17日　朱家骅对北平师范学院复大提出建议。

8月25日　黎锦熙等26人为部聘教授，任期5年。

9月14日　袁敦礼宣布复大步骤为：将现有13系组成文学、理学、教育学三部，逐步成立各研究所，酌增员工名额等。

10月9日　准予河北师专8人转入国语专修科和劳作科。

10月25日　钱玄同遗体安葬于福田公墓，学校全体职员致祭。

11月11日　河北师专126人编入北平师范学院各系。

12月17日　《今日之教育》周刊创刊。

1948年

2月23日　许寿裳在台湾遇害。

4月4日　秘书长黄金鳌接待记者，表示学校复大准备工作完成。已经成立文、理、教育三部，及13系2专修科，教育部已批准备案，五年制课程标准改制后即可实施。

4月5日　《反饥饿反迫害宣言》。

4月9日　"四九"血案发生。

5月7日　为纪念鲁迅先生，学校在国文系、历史系阅览室展出鲁迅遗迹，有照片、著作、墨迹等。

5月24日　学校呈文教育部，请改四年制为五年制。

6月11日　教务会议呈文教育部，请资本年暑假起正名为"北平师范大学"。

6月25日　袁敦礼辞职，黎锦熙代校长职务。

7月　学校制定《国立北平师范学院在平招生简章》。

8月19日　北平国民党当局"特种形势法庭"连续三批公布了平津465名学生的黑名单，其中北平师范学院有34人，除一部分已经去了解放区外，当时有14人正在学校。中国共产党组织学生转移，无一人被捕。

10月7日　现有学生1171人，新聘教授阵容充实。

10月18日　行政院通过复大议案。

本月　国民政府企图将北平的大专院校迁往南方。

11月　"复大"后，三部决定改称院，文学部正式恢复为文学院，黎锦熙担任院长兼国文系主任。

12月11日　学校正式恢复"国立北平师范大学"的校名。

1949年

1月22日　"北平师范大学迎接解放委员会"成立，黎锦熙、焦菊隐等参加。

1月31日　北平和平解放。

后 记

　　2015年4月，在北师大文学院院长过常宝老师的主持下，北京师范大学国文系系史（1902—1949）项目启动。作为中文系的老校友，当时正在北师大文艺学研究中心做博士后，也许是机缘巧合，这一使命竟落在了我的肩上。在这三年多的时间里，我参与了院里多次研讨会，也曾经整日泡在档案馆和图书馆中，还采访了院里很多老师。在这段时间里，焚膏继晷、披萝带荔，获得了很多深切的体验。经过一番筹划，这部《北京师范大学国文系图史》先获出版，"系史"也将随后出版。希望这部小书可以成为我们这些"老生"为北师大文学院的献礼吧！

一

　　百年师大，中文当先。

　　以前说到这句话，言语中总是满满的自豪。因为中华人民共和国成立后北师大中文系的"四大天王、八大金刚"，不光在北师大各系中堪称豪华阵容，即便在全中国的中文系中，也是一支傲人的团队。也正是有了如此丰厚的积淀，才成就了今日北师大文学院的枝繁叶茂、成果斐然。不过，不为人所知的是，民国时期的北师大国文系（今中文系前身）就已经有了一个傲人的"大师"级的师资队伍。

　　今日北师大文学院的师生都熟知鲁迅先生在北高师国文系6年、女高师3年的教学经历，这些内容早已被写入各种现代文学史当中。我们也熟知黎锦熙、钱玄同等先生从民国初年就来到北高师和女高师国文系，后来又长期主政北师大文学院、国文系，为北师大国文系积攒下雄厚的家底；而高步瀛、马裕藻、沈兼士、朱希祖、白涤洲、汪怡、杨树达、陆宗达、叶鼎彝、顾学颉、程俊英、王汝弼、刘盼遂、曹述敬等先生，也都为校友所熟知。实际上，北师大国文的教学团队之精、之强，甚至远超今日系友的想象。

　　说到黄侃、胡适、李大钊、刘师培、刘半农等先生，学界都知道他们的共同点是：都曾在北大任教。不过，他们也都长期任教于北高师、女高师国文系，却罕为人所知。在程俊英先生的回忆录中，曾清晰地记述：就在"五四"前后，女高师的青年学生们曾发起运动，驱走了思想陈腐的戴礼、陈树声等人，迎来了陈中凡先生接替国文专科主任，黄侃、刘师培、胡适、李大钊、陈独秀等"新派"学者就是在此时来到女高师国文系的，他们也培养了中国最早的一批女性作家群体，包括程俊英、苏雪林、冯沅君、庐隐、许广平、王世瑛、陆晶清等一大批才华横溢、影响深远的女作家。当时的北高师——北师大国文系教学团队中，还有黄节、刘文典、马叙伦、吴梅、陈西滢、俞平伯、朱自清、周作人、梁漱溟、袁同礼、唐兰、陆侃如、林庚、郑振铎、余嘉锡、范文澜、商承祚、林损、卓定谋、吴三立、沈尹默、沈士远、郭绍虞、罗根泽、孙楷第等一大批名扬海内的国学大师。值得一提的是，从1924年起，梁启超先生还曾担任北师大董事会主席，直到去世。在1925年后各期"毕业纪念册"中，梁启超先生都要亲笔题词，并落款"新会梁启超"。

北师大国文之所以能有如此傲人的团队，并不单单因为北师大地处北京，这还因为北师大在教师团队的聘任上常以兼职为主。因此教师的引入非常自由、灵活，而北师大一向思想活跃、治学严谨，在学界和教育界，尤其是基础教育领域一向为人所望仰，而李建勋、范源廉、李蒸、黎锦熙、钱玄同等先生更常以个人声望招纳贤才，也便打造了如此傲人的师资团队。

在师大保存的档案中，这些学者在北师大国文系的课程表、工资条、履历表、照片都清晰地记录下了这段历史。

二

北师大之所以大量聘任兼职教师，还有一个原因，那就是"经费紧缺"。

北师大的经费有多紧缺呢？

李建勋先生曾任北高师校长多年，他的回忆中曾有这样一段话："我自1921年10月1日被任命为北高师校长，到12月31日共计3个月，教育经费分文未发。"到后来，问题严重到"6、8、9三个月薪水之余款只够敷衍两个多月。至12月中旬手中已空空如也。作为高师校长如今竟然断炊，岂不是世界一奇迹乎！"

这一"世界奇迹"在民国时期的北师大校史上屡次发生，最后都成了常事。当然，经费短缺严重时，20世纪20年代居然发生过冬天断火断炊的情况。到了抗战胜利后，袁敦礼先生主政北师大，曾向国民党政府提出：现在师大欠债过亿，校政难以为继……

北师大之所以如此"缺钱"，当然与北洋政府时期和国民党政府时期的军阀混战、日军侵华和政治腐败有直接的关系，20世纪20年代，"北伐"胜利的国民政府为了"省钱"，曾作出合并北平各国立大学为一个"国立北平大学"的奇葩决定（奉张时期也曾短暂合并过），此后国民政府教育部还曾多次筹划"取消师大"，令北师大多次陷入严重的"生存危机"。不过，真正让北师大"钱紧"的，还在于北师大始终坚持"师范"传统，不收学费，并投入大量经费于教学实习、创办平民学校，哪怕教师的薪水无以为继，教学实习和基础教育的普及——比如对国文的推广，也从未停止过。

　　民国初年，北平的女孩子找对象，就曾对京城四大校的男生用一句俏皮话概括：北大老，师大穷，清华燕京可通融。北大学生之"年龄大"，从京师大学堂时期就是如此，年龄上曾比师范馆的同学高出5岁；清华作为"留美预备学校"，本就经费充足；燕京大学是教会大学，向来也不缺钱。而师大学生很多都出自平民家庭，毕业后也都信守"师范生"的承诺，毕业后都能够自觉赶赴中小学和教育机构服务。在此后的几十年中教书育人，也造就了师大"低调务实"的传统。在这里，给大家看一个图表。这是1937年师大对校友做的统计。在那个外忧内患、交通不畅的情况下，师大毕业生如何履行"师范生"的承诺，一目了然。

类别				人数	百分比（%）
服务	在学校者	大学校长	3	1890	70.6
		大学院长	4		
		大学及专门学校教授	136		
		专科以上学校职员	96		
		中等学校校长	183		
		中等学校教职员	1389	2349	
		小学校长及教员	77		
		幼稚园主任及教员	2		
	在教育行政机关者	教育部职员	9	140	
		教育厅职员	82		
		市教育局职员	11		
		县教育科科长及职员	16		
		民众教育馆馆长及职员	20		
		民众体育场场长及职员	2		

北京师范大学国文系图史

类别					人数	百分比（%）
服务	在政治机关者	国民政府	3	182	2349	70.6
		行政院	59			
		立法院	3			
		司法院	6			
		考试院	3			
		监察院	5			
		省政府	61			
		市政府	14			
		县政府	12			
		县长	16			
	在事军机关者		34	34		
	在党务机关者	中央党部	13	18		
		省党部	4			
		县党部	1			
	其他		85	85		
留学及升学					100	3.05
赋闲					605	18.18
已故					273	8.21
未详					946	
总计					4273	100

三

北师大师生和校友一向低调务实，除了坚持"师范"的理想之外，还在于，他们为中国现代学术做出了巨大贡献，却罕有人提及。

今天，拉丁字母拼音和简体字已经在中国大陆普及六十年，世界各国学习汉语，也都要从汉语拼音和简化字学起。我们也知道，在此之前，中国曾沿用"繁体字"两千年，也从未用过拼音，始终是用"反切""读若""音近"等传统音韵学的注音方法来表音的。之所以能够让十亿中国人都采用方便易学的拼音和简化字，北师大国文系在其中做出了巨大的贡献，甚至起到了决定性的主导作用。

早在清末，中国的"语言文字改革"就已经开始了。面对大量涌入的西洋文字，中国人首先意识到传统的标音方法并不适合普及国文。于是，最早曾有一个"切音字"运动，但不太成功。进入民国后，钱玄同、黎锦熙、鲁迅、高步瀛、汪怡、刘半农、沈尹默等曾在北师大任教的先生们奔走呼告，并且亲自参与各次研讨会，亲自参编教材、词典、音表，最终促成了教育部历次拼音和简化字的变革。

当然，值得一提的是，北师大国文系在其中发挥的作用还在于，历次语音文字改革的推动，必须仰赖国文师资的培养。因为，这些新式的拼音、汉字要想推广开来，仅凭报纸宣传和教育部令，影响肯定微乎其微。只有在国文教育师资队伍中推广了，才能真正普及到各级学校中，最终实现全民的普及。

北师大国文系的教师们本就是语音文字改革的推动者，他们培育了多少大学、中学和小学教师，在上文中我们已经提及。北师大国文系还创办了很多培训班、平民学校，在各高校的平民学校三天打鱼、两天晒网，最后纷纷被勒令关闭的情况下，北师大的平民学校竟成为唯一一个教育成果优异的教育普及机构，为新国文的普及做出了巨大贡献。1946年抗战胜利后，北师大国文专修科还曾派出团队赴台湾普及国文。

四

翻开那些已经发黄的旧档案，清末、民国时期北师大国文系的教学、生活等跃然纸上。很多不为人所熟知的史料也被整理成册。幸运的是，这些材料很多都完好地保存着，在北师大档案馆，大批材料都可查可考，数据翔实，内容也十分丰富。国文系还有众多"系友"，更是宝贵的资源，他们的记忆，足以写成一部近现代中国国文师范教育和革命的"口述史"了。文学院的各位师长对我们的系史也是关怀备至，尤其是过常宝老师，几乎是不厌其烦地给予帮助、提供便利；档案馆、图书馆的各位老师也有求必应、不吝援手。正是在母校这一系列便利条件下，"系史"的撰著才得以展开，至今，第一部"图史"竟率先告成。

在"图史"的撰著、校对过程中，北师大出版社的领导和老师们策划、设计、编辑、核校，为本书提供了很多指导意见。在此，一并向谭徐锋、周粟、王亮等先生表示真诚的感谢！因为这项工作经历多年，我的学生们也做了很多工作。早年随我"泡"师大档案馆的张金宇（北京师范大学文学院2015级硕士研究生）、陈璐（北京师范大学文学院2015级硕士研究生）两位同学从吉林大学保研到北师大，现在即将在现代汉语研究所硕士毕业；王绎凯（吉林大学新闻与传播学院2014级本科生）、刘婉莹（吉林大学文学院2013级中文系本科生）、肖露露（吉林大学文学院匡亚明实验班2014级本科生）、孙明明（吉林大学哲学社会学院2014级本科生）等同学分别负责了大量的文字撰著编辑、图片考订整理的工作。现在她们也都毕业了，王绎凯同学在杭州做公务员、刘婉莹同学在南京大学文学院读研、肖露露同学在中国人民大学读研、孙明明同学在上海工作。我的妻子、美术编辑王彬老师，还参与了大量原始图片的修理、剪切工作。没有这些勤奋、优秀的同学，没有家人的无私支持，这项宏大的工程也难以一蹴而就——仅仅从北师大档案馆，我们就曾调阅1400卷次的档案，所搜集的图文素材更可以海量计。

这本"图史"分为四部分。第一部分"见证"，展示了清末民国时期北师大、北师大国文系的标志性史迹，包括校歌、校徽、活动照片等。第二部分"校园"，展现了北师大的校园生活，图书馆、宿舍、教学楼、操场，这也算是一个鲜活的民国校园生活画卷吧！第三部分"先师"，胪列了北师大，尤其是国文系的各位先师，我们相信，这些先生们因其卓著的成就和宏富的才学，早已为后学所熟知。第四部分"学长"，则尽可能展示出北师大国文系历届毕业生的姓名、肖像。在图片的排序上，先师们大体是依照来校时间，且很多细处的排列则按不同领域展开的。学长们按照毕业先后，依年代排序。图片中有一些自带文字，都是民国时的史迹，我们都力求保留；图片本身则更绝少剪切、涂改，只希望读者能看到北师大国文系一个真实的历史影像。

所以，书稿既成，喜不自胜之余，更有无限的感激。只希望这份努力能够凝成一项项实在的成果，为母校献礼。

学为人师，下自成蹊；行为世范，继往开来。

吉林大学文学院　窦可阳（北京师范大学中文系九八届校友）

2018年12月

图书在版编目（CIP）数据

北京师范大学国文系图史：1902—1949/窦可阳著．—北京：北京师范大学出版社，2020.7
ISBN 978-7-303-22504-0

Ⅰ．①北…　Ⅱ．①窦…　Ⅲ．①北京师范大学—校史—1902—1949—图集　Ⅳ．①G659.281-64

中国版本图书馆CIP数据核字（2017）第140611号

营　销　中　心　电　话　　010-58807651
北师大出版社高等教育分社微信公众号　　新外大街拾玖号
BEIJING SHIFAN DAXUE GUOWENXI TUSHI
出版发行：北京师范大学出版社　www.bnup.com
　　　　　北京市西城区新街口外大街12-3号
　　　　　邮政编码：100088
印　　刷：北京盛通印刷股份有限公司
经　　销：全国新华书店
开　　本：889 mm×1194 mm　1/16
印　　张：15.5
字　　数：504千字
版　　次：2020年7月第1版
印　　次：2020年7月第1次印刷
定　　价：88.00元

策划编辑：周　粟　　　　　责任编辑：王　宁　王　亮
美术编辑：李向昕　　　　　装帧设计：李向昕
责任校对：陈　民　　　　　责任印制：马　洁